JN056248

「はい、お口開けてください」
庭のテラスにて

ベル
明るく華やかな商人。
少し胡散臭い
トッレ・トルベルト
ナゼルバートの元部下
リリアンヌ・
ルミュール
トッレの婚約者
である伯爵令嬢

ナゼルバート・
フロレスクルス
王女に婚約破棄された
公爵令息。アニエスの夫
ケリー
ナゼルバートに
仕えているメイド
アニエス・
フロレスクルス
元『芋くさ令嬢』。
現在は辺境でのび
のび暮らしている

「……っ!?」
「ナゼル様、しゅき!!」

芋くさ令嬢ですが
悪役令息を
助けたら気に入られました
2
著 桜あげは
Ageha Sakura
絵 くろでこ
Kurodeko

Contents

It is the girl who was not sophisticated,
but I was liked by villain when I helped.

❶ 次々に起こる婚約破棄事件について
003

❷ 芋くさ夫人、ワイバーンを迎える
019

❸ 芋くさ夫人、人助けをする
043

❹ 芋くさ夫人、芋を投げまくる
077

❺ 芋くさ夫人とタイツの弟
152

❻ 芋くさ夫人、王女殿下の
出産祝いパーティーに行く
194

番外編 その後のミーア
276

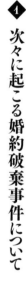

1 次々に起こる婚約破棄事件について

初夏の緑に覆われたデズニム城の白亜の回廊で、一人の大男が両手を握りしめ憤怒の表情を浮かべていた。若々しく筋骨隆々の逞《たくま》しい体は、銀色に輝く騎士の鎧《よろい》に覆われている。

彼の視線の先では、いかにも金のかかった派手な装いの美青年が、肩をすくめ、柱にもたれかかっていた。このたび対抗馬を押しのけ、めでたく王女の婚約者となった美青年――ロビン・レヴビシオンだ。

彼は淡い桃色の髪をかき上げ、男に不敵な笑みを向ける。

「ねえ君、俺ちゃんになんの用かなあ。デカい図体《ずうたい》で道の真ん中に立たれたら邪魔なんだけどぉ？　俺ちゃんは勉強熱心な次期王配だし、これから図書室に行かなきゃならないの」

話しかけられた大男のこめかみがピクピクと動き、厚い唇からフゥと荒い息が漏れる。

「ふざけるな！　何が勉強だ、女との逢《あ》い引《び》きのためだろうが！」

怒鳴りつけられたロビンは全く堪《こた》えていない様子で、だるそうに身じろぎしながら口を開いた。

甘く整った美貌が彼の不遜な態度をより挑発的に見せる。

「そこまでわかっているならさぁ、筋肉騎士君が気を利かせて退《ど》いてよね～。俺ちゃんを待つ令嬢がいるんだから、そこんとこよろしく～」

「黙れロビン。貴様はせっせと図書室へ通い、俺の婚約者であるリリアンヌに粉をかけているだろう」

「あれれ、婚約者ぁ？　あの子、婚約していたんだ？」

とぼけた態度が余計に男の癇《かん》に障った。

「リリアンヌと俺は婚約している！　わかったなら図書室へは向かわず、回れ右をして今すぐ帰れ！」

しかし、ロビンはニヤニヤと他人を煽《あお》るような薄笑いを浮かべた。薄桃色の髪を弄《いじ》りつつ柱から身を離し、細く長い足でつかつかと男に歩み寄る。彼は人好きのする垂れ目がちな目を細めてじっと男を観察し、やがて何かに納得したようにうんうんと頷《うなず》き笑みを深めた。

「リリアンヌってば可哀想《かわいそ》ぉ～、こんな美しくもない朴念仁の岩男が婚約者だなんてぇ～。そりゃぁ、俺ちゃんと二人きりで逢い引きしたくなるよねえ？」

「き、貴様ぁっ！　いきなりなんなんだ！」

一方的に貶《おとし》められた男は困惑しつつ叫ぶが、ロビンはどこ吹く風だ。

「お前、何か勘違いしてない？　俺ちゃんは手なんて出してないよ。リリアンヌの方から擦り寄ってきたんだから」

急に鋭い視線を送られた大男は息を呑《の》む。チャラチャラしているように見えて、他人の意識の底を見透かすような、そんな不気味さがロビンにはあった。

だが、相手の言葉を真に受けてなるものかと男は叫ぶ。

「婚約者を、リリアンヌを愚弄するな！　彼女は素直でしとやかで綺麗《きれい》な心の持ち主で……」

「ププーッ！　マジでリリアンヌが可哀想だわ。お前、本当に彼女がそんな風に見えるの？　見る目ないどころか鈍感すぎてヤバくね？　リリアンヌはずっと、そういう目で見られることに苦しんでいたのに。本来明るくて元気な彼女は、押しつけられた淑女の仮面に押しつぶされそうになっていたのにぃ～！」

喋《しゃべ》り方《かた》がいちいち男の神経を逆なでする。

「嘘《うそ》だ！　そんなことがあるはずがない！」

「本当だってば。それで婚約者とか超ウケる～」

わざとらしく身を震わせるロビンを前に、苛立《いらだ》ちの限界を迎えた男は思わず拳を振り上げるが、そのタイミングで男の背後から甲高い女性の声が響いた。

「何をしているのです、おやめになって！　暴力はいけないわ！」

現れたのは、ふわりとした薄緑色のドレスに身を包んだ色白で清楚《せいそ》な令嬢――リリアンヌだった。緩く編まれた栗色《くりいろ》の髪が彼女が動くたび波打ち、控えめな花の香りを周囲に振りまく。

愛《いと》おしい女性の登場を前に、男はハッと大きく息を呑んだ。

「リリアンヌ！　このロビンという男は危険だ、会ってはいけない！　それに彼は王女殿下の婚約者だぞ」

しかし、令嬢は男の意見に同意せず、きっと目をつり上げて反論した。

「トッレ様、こんな場所で何をしているのです！　ロビンに暴力を振るうなんて酷《ひど》いですわ！」

「ち、違……暴力など振るっていない。誤解だ」

男――トッレの拳はロビンに届いていないものの、彼が相手を殴ろうと動いた事実は傍目《はため》にも明らかだった。

令嬢の言葉に便乗し、ロビンが身を縮めながら被害者ぶって口を開く。

「まったく酷い男だよ、俺ちゃんに摑《つか》みかかってボコボコに殴るなんて……半端なく痛いよぉ」

「き、貴様っ、嘘を言うな！」

虚《むな》しく響くトッレの言葉に耳を傾ける者はいない。リリアンヌはロビンの言い分を盲目的に信じていた。

騎士であるトッレは男兄弟に囲まれ剣術一辺倒で育った無骨な子爵令息で、思慮に欠けるところがあり、考えるよりも先に体が動いてしまう。口達者なロビンとの相性は最悪だ。

「暴力的なトッレ様は最低です、見損ないましたわ！　あなたとの婚約はなかったことにさせてくださいませ！」

そう言うと、令嬢は踵《きびす》を返してその場を走り去って行った。

勝ち誇った顔のロビンもスキップしながら彼女のあとを追う。足を止める者はいない。

「ま、待ってくれ、リリアンヌ、リリア――――ンヌッ!!」

トッレの叫び声だけが、いつまでも虚しく廊下にこだました。

※

スートレナ領主の館では、優しく穏やかな時間が流れていた。

暖かい日差しが降り注ぐ庭のテラスで、私――アニエスはナゼル様と一緒に久々の休暇を楽しんでいる。というのも、領民から頼りにされているナゼル様はとても忙しく、いつも仕事ばかりしているからだ。

「そろそろ新月だし、魔獣の動きが凶暴化してくる時期だね。ある程度の対策は済ませてあるけれど、被害の多い場所に柵を増やしてもいいかもしれない」

スートレナでは年に何度か魔獣が活発化する時期がある。

魔力は空気と同じように自然界に満ちている物質だが、何らかの要因で増減のバランスが崩れた際に魔獣が影響を受けてしまう。自然現象なのでどうにもできないが、魔獣の多い辺境は毎回被害を被っていた。

中でも、新月の夜が特に危険だと言われていた。新月になると大気中の魔力が強まり、魔獣が凶暴度を増すそうだ。

王都やエバンテール領ではこのような被害がなかったので、知らず体に力が入ってしまう。

「私でよければいつでもお手伝いしますよ。柵はもちろん、民家の強化だってできちゃいますから」

紅茶とお菓子を並べ、私はナゼル様に微笑《ほほえ》みかけた。

領主夫人になったからにはナゼル様と力を合わせて困難を乗り越えたい。

「ありがとうアニエス、助かるよ。ところで、君たちが生み出したヴィオラベリーパイはおいしいね。いくら食べても飽きの来ない味だよ」

「えへへ、嬉《うれ》しいです。こちらのヴィオラベリークッキーもおいしいですよ。はい、お口開けてください」

「ふふっ、アニエスがそうまで言うのなら、いただこうかな」

ナゼル様の口にクッキーを放り込んだ私は、ドキドキしながら彼の感想を待つ。

しばらくすると、ナゼル様から「甘すぎず口当たりも良く、とても俺好みの味だよ」という最大級の賛辞をもらえた。思わず小躍りしそうになったが、ハッと我に返り足を止める。

(そういえば私、まだナゼル様に告白の返事ができていないわ)

レオナルド様のパーティーの際にナゼル様から告白されたものの、自分の気持ちを告げる段階になって邪魔が入り、未《いま》だ答えを返せず終《じま》い。

その後も折に触れて告白しようと試みたが、なぜか毎回いいタイミングでアクシデントが起こり、告白が流れてしまう。

ナゼル様は答えを急《せ》かさないけれど、いつまでも彼の好意に甘えるわけにはいかない。

(諦めちゃ駄目よ、気持ちの上ではお互いに両思いなのだから。さあ、今こそ告白のとき!)

気合いを入れた私は大きく息を吸い込む。

「あ、あああのっ、ナゼル様!」

「どうしたの、アニエス」

甘く柔らかい、優しい微笑みにうっとりしてしまう……ではなくて！

「わ、私、ナゼル様のことが！」

しかし、一世一代の告白のタイミングでまたしても横やりが入った。

「ナゼルバート様、王都よりお客様がいらっしゃいました。ご夫婦の時間をお邪魔するのは気が引けますが、放置するわけにはいかない相手でしたので」

——今度はケリーだった。

しかし、大事な内容なので仕方がない。私は小さく息を吐く。

「誰からも来訪の連絡はなかったはずだけれど、誰だろう」

「弟君のジュリアン様がいらしています。なんでも公爵閣下の妨害に遭って今まで連絡が取れなかったらしく、無理矢理王都を出てスートレナに直行したとか」

「なんて無茶な。それだけ重要な用事なのか」

王都からスートレナまでの移動は大変だ。十日ほどかけて地方都市まで移動し、そこからは騎獣に乗らなければならない。辺境へ向かう街道は整備されておらず、馬車での移動が困難なためだ。

急いで立ち上がったナゼル様に続き応接間へ向かうと、そこにはジュリアン様と見知らぬ大きな男性がいた。小柄なジュリアン様と大柄な人は仲がいいようで、気心の知れた様子でお喋りに興じている。

ナゼル様に気がつくと、ジュリアン様が勢いよくソファーから立ち上がり顔を輝かせた。

「兄上、お会いしたかった！　お元気そうで何よりです」

「俺も久々に会えて嬉しいよ。ジュリアンには実家のことで面倒をかけたね。今日はなんの用かな、隣の彼と関係ある？」

そう言ってナゼル様は大柄な男性を見た。男性も立ち上がりビシッとナゼル様に敬礼する。

「ナゼルバート様、再びお目にかかれて光栄の極みでございますっ！」

太く、低く、とても大きな声だった。

「君も相変わらずだね、トッレ。少し痩せた？」

トッレはナゼル様が王女の婚約者だった時代、騎士団に配属されていた頃の部下らしい。

「兄上、今日はトッレのことでご相談したく」

二人の会話にジュリアン様が割って入る。訳ありな様子だ。

「実はトッレの婚約者が行方不明になったのです。近頃王都では次期王配殿が絡んだ婚約破棄事件が多発していて、彼も婚約者である令嬢から別れたいと告げられました。しかし、令嬢は勝手な真似《まね》をしたと親から叱責され、実家からも勘当され、その後の行方がはっきりせず……。調べたところスートレナ方面へ向かった形跡があったので、こうして兄上にご相談しようと決めたのです」

「なるほど。そういう理由ならできるかぎり協力しよう」

「ありがとうございます兄上。今年に入ってロビン絡みの貴族の破局は十件目で、いずれも婚約者のいる女性にロビンが手を出し、婚約が白紙に戻っているのです。あの女好きめ！」

そう告げると、ジュリアン様は大げさに顔を覆った。ロビン様は王女殿下と仲がよさそうだったのに、次々に別の女性に手を出すなんて欲求不満なのだろうか。

（二人の婚約のせいでナゼル様は大変な思いをしたのに）

釈然としない気持ちで彼らの会話に耳を傾けると、トッレが大きな体を抱えて暗い声を出した。

「リリアンヌはチャラチャラしたタラシ野郎に夢中なんだ。今回の婚約破棄事件を受け、我がトルベルト家は王妃殿下や王女殿下を見限ることにした。あんな男を野放しにするなんて迷惑千万！」

そんな話をここでしていいのだろうか。ナゼル様はともかく、フロレスクルス公爵家は血の繋《つな》がりもあって王妃を支持している。

しかし、その疑問は続くジュリアン様の言葉で解消された。

「兄上が第二王子の主催するパーティーに出席したと聞きましたので、僕は今、第二王子殿下の勢力に入っています。実家の父や兄はいい顔をしませんがね」

「あれは不意打ちのような形だったけれど、俺自身も王妃ではなく第二王子殿下の味方をするつもりだよ。本音を言うと王都のゴタゴタなんかに関わりたくはないが」

ナゼル様はとても正直だった。

話をしていると、トッレがキョロキョロと辺りを見回して口を開く。

「ところでナゼルバート様、奥方様はどちらに？　屋敷にお邪魔した以上、ご挨拶がしたいのですが」

「えっ……？」

私とナゼル様は顔を見合わせる。すると、慌てたようにジュリアン様が声を発した。

「何を言っているんだトッレ。あ、義姉上《あねうえ》はこちらにいらっしゃるじゃないか！」

同時に、私は慌てて立ち上がる。

いきなり話が始まってしまったので、自己紹介をする間がなかったのだ。

「申し遅れました。私がナゼル様の妻、アニエスです」

だが、トッレは放心したようにあんぐりと口を開けている。

「う、嘘だ。俺は夜会で芋くさ令嬢を見たことがあるんだ。すさまじい厚化粧だったぞ！」

ジュリアン様の拳がゴッと音を立て、トッレの脇腹に命中する。ナゼル様も笑顔が怖い。

「あ、義姉上は化粧を取ったら美人なんだ！　王女殿下と違って性格もいいし、兄上とは夫婦円満だ！」

トッレはまじまじと私を見て、勢いよく頭を下げた。

「すぐ傍《そば》にいらっしゃったにもかかわらず、失礼しましたーっ！　私はトルベルト子爵家の三男でトッレと申します！」

「お気になさらず。それより長旅でお疲れでしょうから、ゆっくりしていってくださいね」

「そのことなのですが、トッレをしばらくスートレナに置いてやってはもらえないでしょうか。本人は婚約者の捜索に乗り気ですし、彼自身が王都より兄上のもとに留《とど》まりたいと望んでいます」

ジュリアン様が、また話を切り出す。

「構わないけれど、トッレの実家であるトルベルト家はなんと？　騎士の仕事は？」

「トッレは三男ですし両親も彼の傷心具合を知っています。しばらくは好きにさせておくと……。職場は勢い任せで辞めてしまったそうです」

ナゼル様は少し考えて慎重に口を開いた。

「わかった。それではうちに滞在するといいよ。ちょうど、アニエスの護衛を任せられる人材が欲しかったんだ。トッレなら腕も立つし信頼できる」

トッレはナゼル様をとても崇拝している様子で、顔を輝かせながら敬礼した。

「光栄であります！　一生ついて行きますぞ、ナゼルバート様っ！」

やはり、大きな声だった。

こうして、我が家はトッレを護衛として迎え入れることになった。

※

トッレは辺境スートレナで充実した毎日を送り始めた。

少し前までは王都で傷心の日々を過ごしていたが、友人であるジュリアンのおかげで憧れだった元上司の下で働くことができている。

現在十八歳のトッレは子爵家の三男で、父や兄は城に出仕する宮廷貴族だ。

しかし、体力が有り余っているトッレは自ら騎士の道を志した。日頃から鍛えているおかげか、辺境への長旅も全く苦痛ではなかった。

そんなトッレだが、スートレナへ来て気づいたことがある。

（ストレナは噂《うわさ》と全然違う）

前領主だったイーブル辺境伯がこの地を治めた際は、作物が育たず魔獣がはびこる荒れた土地だと語られていた。だが、王都に比べれば殺風景と言わざるを得ないものの、食糧事情は劇的に改善され、魔獣除《よ》けの柵も各地に建設されているという。

（さすが、ナゼルバート様。既にここまで環境を整えているとは素晴らしい領主ぶりだ！）

トッレの憧れの上司だったナゼルバートは、的確な指示を下して自らも魔法で戦う上司だった。

その姿はまるで戦神のようで、トッレだけでなく騎士団全員が彼を誇りに思っていたものだ。

だからこそ、王女殿下から婚約破棄されたと聞いたときは我が耳を疑い、王妃派の横暴に憤りを覚えた。一騎士の身分では表で言えないものの、トッレたちは王女殿下やロビンに不信感を持っている。

予想通りと言うべきか、ナゼルバートが辺境へ発《た》ってすぐに、続々と城内で問題が発生し始めた。

（なぜ、誰も王女殿下やロビンの横暴を止めないのだ？　陛下や王子殿下は何をやっている？）

憤った直後、婚約者のリリアンヌがロビンに誑《たぶら》かされるという事件が起こった。

大人しくて聡明《そうめい》な彼女が不貞を働くなんて考えたくなかったが、ロビンはそれがリリアンヌの本性ではないと語った。本来は明るく元気な令嬢なのだと。

（そういえば、俺はリリアンヌの心からの笑顔を見たことがあっただろうか）

婚約者の浮かべる微笑みは、いつも上品で淑女らしいものだった。

「何故《なぜ》だ、どうして俺に真実を教えてくれなかった？　あの微笑みは、優しい言葉は偽りだったのか？」

王配となるロビンはリリアンヌと結婚したいわけではないだろう。

（だというのに彼女に言い寄るなんて、ただの女好きだとしても軽率すぎる）

トッレは未だにロビンの行動の意図を理解できなかった。

リリアンヌに走り去られてしまった直後、トッレはショックのあまり中庭の片隅で放心しながら涙を流して筋トレに励んでいた。情けないことに、どうすればいいのかわからず途方に暮れていたのだ。

そんなトッレに声をかける一人の男がいた。

彼は黄金の髪に緑色の双眸《そうぼう》という珍しい容貌で、口元にほくろのある華やかなオーラを纏《まと》う人物だった。一見して、高貴な身分の者と判別できる格好だが、見覚えのない貴族だ。

「だっ、誰だ！　うさんくさい奴《やつ》だな！」

泣き顔を見られた恥ずかしさも相まってトッレは声を荒らげるが、男は気にせず近づいて来る。

「うさんくさくない、うさんくさくない。理由あって堂々と表に出られない身だが、私はれっきとしたこの城の住人だ。ときに君は傷心中のようだ、よければ話を聞こうではないか」

自棄《やけ》になっていたトッレは、誰かに話して心が軽くなるならと謎の男に心中を暴露した。

「うう、リリアンヌ」

嘆くトッレに向け、男は同情的な視線を送る。

そうして、トッレと謎の男の密《ひそ》かな交流が始まり、一方でトッレはリリアンヌと復縁する方法を模索し続けた。だが、その努力は実ることはなかった。

しばらくしてリリアンヌとロビンとの関係が明るみに出てしまったのだ。そして王女の婚約者に手を出したことで実家から勘当された彼女は、そのままどこかへ行方を晦《くら》ませた。

トッレは単身で彼女を捜索したが、広い王都の中で一人の令嬢を捜すのは至難の業だ。

しかし、予想だにしなかったことだが、謎の男はリリアンヌの行き先を調べ上げた。

「令嬢は既に王都を発っていた。君は王都を離れて婚約者を追うべきだな。ちょうど辺境スートレナには君の元上司がいるだろう。協力を仰いでみるといい」

このときトッレは初めて彼の正体を告げられ、そういうことかと素直に納得したのだ。

そんなやり取りがあり、トッレは兄に会いたがっていた友人ジュリアンを巻き込み、辺境スートレナを訪れた。トッレ自身も、憧れの上司であるナゼルバートに会えるのは嬉しい。

スートレナでのナゼルバートは王都にいた頃より格段に生き生きしていた。かつての「仕事人形」だった面影はない。

しかも、無理矢理結婚させられた醜い妻であるアニエスは、エバンテール家の装いを捨てて美少女に生まれ変わっていた。絹のような銀髪に薔薇色《ばらいろ》の瞳、同年代の女性と比べるとやや高めの身長に健康的な体つき。おおらかで前向きな性格。

トッレはリリアンヌ一筋だが、アニエスは芋くさ令嬢などではなく魅力的な女性なのだと思った。

（まさにナゼルバート様に相応《ふさわ》しい、素晴らしい奥方だ。身勝手で浪費家の王女殿下なんかより、ずっといい！）

そんな女性の護衛を任せられるなんて光栄なことだ。真面目に任務を果たそうとトッレは自分の中で勝手に誓いを立てた。

そして現在、トッレはスートレナ領主夫人のアニエスに同行し、なぜか巨大な壁を作りながら額に流れる汗を拭っている。彼の足下ではアニエスが嬉しそうにぴょんぴょん飛び跳ね「すごいわ、トッレ」と、瞳を輝かせていた。

「アニエス様、危ないので離れていてください。誤って踏み潰しでもしたらナゼルバート様に顔向けできません」

「ええ、わかったわ」

アニエスは軽やかな動きで、庭の見えるテラスへ移動した。

トッレの魔法は「巨大化」で、自身の体を三倍大きくできる魔法だった。体の大きさに伴い力も三倍に増幅できる魔法で、騎士団にいた頃は重宝されていた。戦いはもちろん、突貫の防壁作りにも役立つからだ。

ただし、魔力消費量が多いため、一日三回、各三分間しか巨大化できない。

少しでも魔法の使用時間を増やそうと、トッレは毎日筋トレに励んでいるのだった。

「それにしても、アニエス様。庭に建物を建てて何に使うのですか?」

尋ねると、彼女はキラキラした微笑みを浮かべて嬉しそうに口を開く。

「あのね、今度、我が家に騎獣をお迎えすることになったのよ。砦《とりで》の職員さんがワイバーンの子供を育ててみないかって。私、ワイバーンが大好きなの」

「なるほど、厩舎《きゅうしゃ》にするのですな。自分は天馬派ですが」

「天馬も可愛《かわい》いのには同意するけど、ワイバーンも素敵よ？」

アニエスは心底ワイバーンを愛しているようだ。

（さすがナゼルバート様の奥方になるお方！　素晴らしく豪胆でいらっしゃる！）

もともと庭にある石造りの厩舎は日の差さないジメジメした場所に建ち、お世辞にも衛生的とは言えない環境だった。崩れかけた牢獄《ろうごく》のように陰鬱な様相を呈しているので、トッレも厩舎の新築には賛成である。

元気な領主夫人の声援を受けながら、トッレは再び厩舎造りに精を出すのだった。

❷ 芋くさ夫人、ワイバーンを迎える

辺境スートレナの屋敷に、トッレが護衛として住み込むことになった。かねてより一人行動をしがちな私をナゼル様は心配していて、渡りに船とばかりに元部下の彼を雇ったのだ。

焦げ茶色の髪に深い森を思わせる緑色の瞳。そして筋肉に覆われた大きな体はいかにも騎士という感じで、ものすごく強そうに見える。

日当たりがよく広い場所に新しい厩舎《きゅうしゃ》もできたし、可愛《かわい》くなるようナゼル様が魔法で生み出した、魔獣が食べても大丈夫な花を植えた。ナゼル様が生み出す植物は一代限りの制限をつけられるので、スートレナの生態系が変わることもない。

小屋の中にはふっかふかの藁《わら》のベッドを置き、日当たりをよくするために大きめの窓も作った。ちなみに昔の厩舎は取り壊してもらった。頑丈な檻《おり》の内側に血痕がついていて、不気味だったので……！

庭も綺麗《きれい》になってきたし、ナゼル様は薬草畑まで作り始めたし、私の魔法で薬草を強化したらすごい薬ができたみたいだし、スートレナへ来た当初よりも確実に前進している手応えがある。

（このまま頑張りましょう！）

護衛のトッレがいてくれることでできる仕事も増えたけれど、とりあえずは……。

「今日は、中心街にある騎獣小屋にワイバーンを受け取りに行くわ」

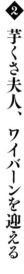

トッレを誘い、私は街へと繰り出した。砦《とりで》の近くに騎獣用の小屋があり、移動の際にお世話になるワイバーンや天馬が飼育されている。

ここの騎獣たちは、砦の職員の足となり活躍しているのだ。

馬車を建物の前につけてもらい、飼育員さんに案内されて小屋の奥へ向かった。

騎獣経験者のトッレは、嬉《うれ》しそうに天馬がいる一角を覗《のぞ》く。

私はいつもお世話になっている青い雌のワイバーンのもとへ足を運んだ。隣にはスートレナへ来る際にコニーが乗っていた赤い雄のワイバーンもおり、二頭は番《つがい》なのだそう。

「よしよーし、いい子でしゅねー」

今回もらい受けるのはその二頭の子供で、私が以前飼育小屋を強化したお礼にくれるとのこと。子供といっても成獣で親離れしているため、ホームシックにはならないそうだ。

案内役の飼育員さんは、小屋のさらに奥を指さす。

「こちらが今回お渡しするワイバーンです。訓練を終えたばかりの若い雄ですが」

目の前にいたのは輝く桃色の皮膚を持つ美しいワイバーンだった。瞳はコバルトブルーで、光の加減によって檸檬《レモン》色の尻尾も色を変える。

「か、可愛い！」

「アニエス様がいつも乗っておられるワイバーンは砦の騎獣ですから、番と引き離すことは難しいのです。しかし、成獣になったばかりのワイバーンなら自由に動かせますので」

私は飼育員さんの言葉に力強く頷《うなず》いた。皆が使う騎獣を奪うつもりはないし、ワイバーンの生態で一度番になった雄と雌を引き離すのは無理だと本で読んだことがある。第一、可哀想《かわいそう》だ。

「よければ、こいつに名前をつけてやってください」

心なしか、桃色のワイバーンが私に期待の目を向けている気がした。

(はあ、可愛すぎる！　スリスリしたい、ナデナデしたい！)

沸き上がる欲望を抑え、桃色のワイバーンをそっと見つめ返す。

「それじゃあ、ジェニはどうかな？」

実は、たくさん名前の候補を考えてきた。

ワイバーンはキュルルと鳴いて私を見つめ、ゆっくりと頭を上下に動かす。とても賢い騎獣で、本によるとこれは肯定の意を表しているのだそう。

「よかったわ、これからよろしくね」

ジェニはブンブンとまた頭を動かし、早く小屋から出たいと身を震わせる。

「ごめんなさい、すぐには移動できないの」

私はまだワイバーンに一人で乗れず、ジェニを引き取る前にワイバーンに乗る訓練をしなければならない。毎回ナゼル様の後ろに乗せてもらうのは不便だし、自分一人でも乗れるようになりたいと事前に相談したら、飼育員さんが講師を用意してくれることになった。

「ワイバーンは天馬より騎乗時の癖が強いですが、騎獣最速なので慣れれば一番便利ですよ。おーい、領主夫人にワイバーンの騎乗をお教えして差し上げろ」

飼育員さんが小屋の窓から身をのり出して、外に呼びかけた。向こうに講師役の人がいるようだ。

中年の飼育員さんに指示された人物は、ギョッとした表情を浮かべてこちらを見た。

（あら、コニーじゃないの）

彼は以前私とナゼル様に意地悪をしてきたヘンリーさんの部下だ。今日も、明らかに嫌そうな態度を取っている。

（意地悪をしたあとだから気まずいのね）

私もナゼル様もワイバーンでの飛行を楽しめたので怒ってはいないけれど、もし気の短い貴族だったらコニーは無事では済まなかっただろう。

事情を知らない飼育員さんは、お構いなしにコニーに話しかける。

「ワイバーンならコニーが一番上手《うま》く乗れるだろう?」

「騎乗の練習中は、領主夫人を抱えなきゃならないじゃないっすか！　俺は領主に嫉妬の炎で燃やされたくありません！　領主が愛妻家なのはスートレナでは今や有名な話ですし、実際すごい溺愛ぶりっすから」

コニーは一体何を言っているのだろう。ナゼル様は人を燃やしたりしないのに。

「心配しなくても、領主様は温厚な方だ」

後ろからついてきたトッレも「そうだ、そうだ！」と、大きな声で飼育員さんを支持した。

飼育員さんが近くの扉を開けて外に出たので私たちも彼のあとに続くが、コニーはまだ文句を言っている。彼は意地でも私にワイバーンの騎乗を教えたくないらしい。

どうしたものかと会話に耳を傾けていると、後ろから突如ドドドと大きな足音が聞こえた。

（トッレじゃないわよね!?　横にいるし）

びっくりして音のする方を振り向くと、桃色のワイバーンが勝手に建物の外に脱走している。

「ジェニ!?　なぜ、外に……!?」

一直線に走ってくるジェニは私の前で静止し、嬉しそうに体を擦り付けてきた。

（あら、可愛い）

私もでれでれしながら桃色の皮膚を撫《な》でる。ジェニの皮膚も触り心地が抜群だ。

ジェニは撫でられながら、檸檬色の尻尾でコニーをベシベシと叩《たた》き始めた。

「えっ、どうしたの？　なんでコニーを連打しているの？」

おろおろと慌てるけれど、飼育員さんは笑うばかりだ。

「ジェニはワイバーンの中でも特に知能が高いから、私たちの会話がわかったのでしょう。アニエス様に騎乗して欲しくて、コニーをせっついているのです」

「まあ！　なんていい子！　あとでニンジンをあげなくては！」

ワイバーンは雑食性で肉も野菜も食べるが、一番好きなのはなぜかニンジンだ。

叩かれ続けているコニーは諦めた様子で私に告げる。

「わかりました、教えればいいんでしょ、教えれば。ただし、俺がやるのは基礎だけです。同乗して空を飛ぶ訓練はナゼルバート様に許可をもらってからにしてください」

「ナゼル様はそんなことで怒らないと思うけど」

仕方がないので私は頷いた。

「それではよろしくお願いしますね、コニー」

私はジェニをよしよししながらコニーに応じる。飼育員さんとコニーはジェニを宥《なだ》めながら小屋の中へ連れて行き、あとには私とトッレが残された。

「アニエス様、俺もナゼルバート様に訓練のことを話すのは賛成です。やはり、他の男との同乗は気になるかと」

「そうなのね。じゃあ、ナゼル様に相談してみるわ。教えてくれてありがとう」

「いいえ！　アニエス様は尊敬するナゼルバート様の大切な奥方ですから！」

実直な彼の瞳はキラキラと輝いている。

「トッレはナゼル様が大好きなのね」

「騎士団にいた時代、ナゼルバート様には大変お世話になったのです。俺はあの方を尊敬申し上げております！　騎士の多くはナゼルバート様を慕っているのです。とてつもなく強く、魔法を攻撃に転じる様は芸術的で騎獣の扱いも素晴らしく……」

トッレは大きな体を震わせながら、ナゼル様がいかに天才的な活躍をしたかを延々と教えてくれた。殺伐とした王都にも、ナゼル様の味方はいたのだ。

「本当に、ナゼル様はなんでもできるのね」

王都の騎士にナゼル様が認められていたことがわかり、私は嬉しい気持ちになる。

それからしばらく、私とトッレはナゼル様の素晴らしさについて語り合った。トッレは私の知らないナゼル様を知っている。それがとても新鮮に感じられた。

屋敷に帰って執務室でナゼル様に今日のことを伝えると、騎乗の基礎練習は快く許可してくれた。

ただ、同乗して空を飛ぶ練習については……。

「俺がやる。アニエスは絶対に他の男と練習しないように」

……と、釘《くぎ》を刺されてしまった。

（もしかして本当に、コニーの言うとおり嫉妬だったのかしら）

たしかに、私もナゼル様が女性と密着してワイバーンに乗っていたら複雑な気分になる。

（同じように考えてくれたのなら、嬉しいような恥ずかしいような。やっぱり私、ナゼル様が好きだわ）

執務机に座るナゼル様は花が咲いたように微笑《ほほえ》みながら、嬉しそうに私の手をにぎにぎしている。

彼の指先の温かさを感じ、嬉しさと緊張で胸が高鳴った。

（そうだわ、今がチャンス！）

今度こそ「好き」という思いを伝えたいと、私はナゼル様に向かって口を開く。

「あのっ！　ナゼル様、私……！」

けれど、言いかけたところでまたしても邪魔が入った。

「ナゼルバート様ぁ――――！　一緒に鍛錬でもいかがですかな！　近頃体が鈍っているとお悩みでしたでしょう？　今日は涼しいし絶好の訓練日和ですぞぉっ！」

バンッと勢いよく扉を開けたのは、仕事を終えた護衛のトッレだ。彼がナゼル様をとても慕っているのはわかる。わかるけれど……。

（それ、何も、今でなくてもいいのでは？）

ナゼル様はため息を吐きつつ、「夫婦水入らずの時間なのに……」と、恨めしげな視線をトッレに送る。トッレには通じていないようだけれど。

（私との時間を大切にしてくれているのね）

さらに幸福感に包まれ、早く思いの丈を彼に伝えたい気持ちに駆られた。

しかし、ウキウキ楽しそうなトッレが部屋にいるので今は告白できそうにない。

（伯爵家から帰って以来、何度か挑戦したけれど、そのたびに間が悪く誰かが来て中断してしまうのよね）

おかげで全く気持ちを伝えられない。

（トッレの前で告白するのは、ハードルが高すぎるわ。またの機会にしましょう）

何も知らないトッレはキラキラした眼差《まなざ》しでナゼル様を見つめ続ける。

明日こそは告白を成功させるのだと固く心に誓いながら、私はトボトボと執務室をあとにした。

ワイバーンの騎乗については、街の騎獣小屋まで行って練習を始めることになった。基本的な訓練を飼育小屋で行い、残りはジェニを引き取ってナゼル様に教えてもらう予定だ。彼は騎士時代に、騎乗指導もしていたらしい。

一般的なワイバーンの生態は本で調べたので困ることはないし、乗り方や降り方、歩かせ方や止まり方の練習も順調に進んだ。

ジェニがお利口だったこともあり、地上での訓練はあっという間に終わってしまう。

練習中に様子を見に訪れた飼育員さんは「驚異的な覚えのよさです！」と、私を褒めてくれた。

そうして無事に訓練が終わり、飼育小屋からジェニを引き取る日がやって来た。

「さて、いよいよですね。さっそくジェニを迎えに行きましょうか」

屋敷の庭にある騎獣小屋――「ジェニハウス」の最終点検を済ませた私は、まだまだ元気なトッレを伴い街に出た。飼育員さんはいつも騎獣の飼育小屋の外で待っていてくれるが、今日は姿が見当たらない。

「約束の時間より、早かったかしら？」

手前の扉が開いていたので中の様子を窺《うかが》うと、小屋には誰かがいる気配がした。忙しくてこちらに気づかないだけかもしれない。

「すみません、アニエスですけれど。ジェニを迎えに来ました」

声をかけたが返事はなく、しびれを切らせたトッレが、「たのもー！」と叫びながら、ずかずかと小屋の中へ足を踏み入れる。

「トッレ、勝手に入っちゃ駄目でしょ……って、行っちゃったわ」

迷った揚げ句、私はトッレを追って連れ戻すことにした。

騎獣たちを驚かさないよう静かに歩を進めて奥へ向かうが、トッレの足が速すぎて追いつけない。歩幅の差が悔しいと思っていると、黙々と歩くトッレがようやく足を止めた。誰かを発見したみたいだ。

けれど、トッレの横で私が見たのは……。

「いいこでちゅねー！　きゃわいいでちゅね！　今日も元気でちゅねー!!」

天馬に赤ちゃん言葉で話しかけるコニーの姿だった。普段のクールな彼と違いすぎて、なんと声をかけたらいいかわからない。

（もしかして私と同類の騎獣好きだったの？　騎獣好きに悪い人物はいないわよね、たぶん）

私の中で意地悪だと思っていたコニーへの好感が一気に増した。

しかし、トッレは自分たちに気づかないコニーに業を煮やしたようだ。

「げふん、げっほん、ごっほん、ぐえっへん！」

わざとらしく咳《せ》き込んで自らの存在を主張するトッレ。「領主夫人の出迎えに来ず、騎獣と戯れているとはどういう了見だ」という彼の心の声が聞こえる気がする。

でも、今は自分たちの存在を相手に示す場面ではない。

「駄目よトッレ。ここは見なかった振りをして、そっと去るべきなのよ」

残念ながら、こちらに気づいたコニーは、ギギギと硬い動きで振り返っているけれども。

「アニエス様！　今日この時間に訪問することは約束していたはずです！　それを放置して、こんな場所で遊んでいるのを許せと言うのですか？」

トッレの言いぶんもわかるが、コニーの気持ちも理解できてしまう。

「普段はツンと悪ぶっているのに、他人に赤ちゃん言葉を聞かれてしまったコニーの気持ちを察してあげて。誰にも知られたくなかった秘密の姿なのよ？」

普段が普段なだけに、彼も恥ずかしかったに違いない。

「奥様っ、なんとお優しい！　トッレめは感動いたしました!!　しかし、コニーが今の奥様のお言葉で余計にダメージを受けているようですが？」

「あ、あら、どうしてかしら？」

私たちのやり取りを、ごっそり表情の抜け落ちた顔で眺めるコニー。

「大丈夫よコニー、このことは誰にも言ったりしませんから。私たちは騎獣大好き仲間ですもの！」

けれど私の言葉が通じなかったのか、急用で持ち場を離れていた飼育員さんが戻るまで、コニーは床に膝をついたまま固まり続けていた。

そうして、私はついに屋敷にワイバーンを迎える。

まだ一人で操縦できないため、コニーがジェニを屋敷まで運んでくれた。恥ずかしい姿を見られたためか、いつもより素直に動いてくれる。

小屋も完成したし、お世話道具も揃《そろ》えた。屋敷でジェニが暮らすための準備は万全だ。

先に庭に到着してジェニを待っていると、桃色の美しい翼を羽ばたかせながら空からコニーと共に降りてきた。不要なものがなくなりすっきりとした庭の中央にゆっくり翼を折り畳んで着地する。

巻き起こる風が私の髪や花壇の花々をふわりと揺らした。

ジェニは用意した厩舎を気に入ったようで、早足で自発的に中へ入っていく。

（まあ、なんて可愛いの。あとでニンジンをあげましゅからね～）

ピンク色の翼を折りたたみ、ふかふかの藁のベッドに顔を埋《うず》めるジェニは満足そうだ。頑張ってよかった。

「コニー、ジェニを連れてきてくれてありがとう」

「……はいはい」

視線を逸《そ》らすコニーは、面倒くさそうに返事をした。なんだかいろいろ投げやりだ。よほど、赤ちゃん言葉を聞かれたのが恥ずかしかったのだろう。

「大丈夫よ、コニー。あのことは誰にも言わないわ。私たちは、騎獣愛好家仲間だもの。これからも共に騎獣たちを愛《め》でましょうね」

元気づけようと思いかけた言葉だったが、コニーはますます狼狽《うろた》えて真っ赤な顔になる。

「領主の屋敷の庭もずいぶん雰囲気が変わりましたね。では、俺は次の用事がありますから、これで……」

「あら、残念ね。騎獣のお世話？」

「いいえ、魔獣討伐の打ち合わせっす。もうすぐ新月ですから」

「そういえば、あなたは魔獣退治も担当しているのよね。気をつけて……」

「う、はい」

手を振って見送ると、コニーは決まり悪げな赤い顔で逃げるように帰って行った。

（ツンツンしているわねぇ）

しばらく畑でジェニにあげるニンジンを引っこ抜いていると、ナゼル様が砦から帰ってきた。今日は早めに仕事が終わったようだ。作業の手を一旦止めて顔を上げる。

「ただいま、アニエス」

庭に立つ私に気づいたナゼル様が歩いてきたので、私も彼に駆け寄った。一緒にいられる時間が増えるのは嬉しい。

「おかえりなさいませ、ナゼルさ……きゃっ」

最後まで言い切らないうちにぎゅっと抱きしめられる。最近のナゼル様はハグが多くて、私は毎日ドキドキしっぱなしだ。

「はあ、アニエスは俺の癒やしだよ。今日はこのあとずっと傍《そば》で過ごして欲しいな」

私をぐっと抱きしめつつ、「癒やされる」を連発するナゼル様は本当に疲れている様子。可哀想なので、私は彼の頭を撫でてあげた。

「よしよし……ナゼル様、お部屋に行きましょうか。お疲れのようですし、少し休まれては？」

しかし、ナゼル様は私の手に頭を押しつけたまま首を横に振った。

「嫌だ、今日はアニエスとワイバーンに乗ろうと思っていたのに」

珍しく我儘《わがまま》を言うナゼル様。初めて出会ったときには、彼にそのような一面があるとは思わなかった。気を許されているのだと感じられて嬉しい。

（こんなことは、初めてではないかしら）

私と過ごして彼のストレスが軽減されるのなら一緒に空を飛びたい。

「飛行訓練を楽しみにして激務に耐えた。新月が近いから、時間の取れるときはアニエスと一緒にいたいんだ」

「嬉しいです。では、よろしくお願いします、ナゼル先生！」

「……う、うん？」

先生呼びに照れてしまったナゼル様の美しい顔が赤く染まった。でも、なんとなく喜んでいそうで、メイド服を着たときと同じような反応をしている。

（大丈夫……よね？）

私はさっそくナゼル様の手を引いて、初対面となるジェニのところへ連れて行った。

ジェニはナゼル様の匂いを嗅ぐとぱたぱた尻尾を動かし、「グルル」と友好的な声を上げる。対コニーのような強気な態度を取ったらどうしようかと心配していたが杞憂《きゆう》でよかった。

「ジェニ、空を飛びたいんだけど」

用意していたマイ鞍《くら》をお披露目すると、ジェニが嬉しそうに再び声を上げた。

すべすべした桃色の背中に鞍をセットし、ジェニを連れて庭に出る。

「それじゃあ、アニエス。地上での訓練の成果を見せてね」

「はい、ナゼル先生。上り下りも楽々できるようになったんですよ、ほら」

ジェニの上からナゼル様を見ると、彼は微笑みながら私の後ろに飛び乗った。

（とっても身軽だわ）

その状態で庭を歩いたり走ったりする。

「アニエスは飲み込みが早いね。少しの間に地上での動きを完璧にマスターして」

「ジェニがいい子なんですよ。人が好きらしく、私の言うことを素直に聞いてくれるんです」

騎獣には野生から捕獲されたものと、人間が繁殖させて生まれたものがおり、ジェニは後者なので人間に懐いているのだ。

「それじゃあ、飛び立たせ方を教えるね。手綱を緩く引いて」

ナゼル様が私の手を握って優しく手綱捌きを伝授する。

(こういう姿勢だと、いつもよりもさらに密着してしまうのよね。恥ずかしいわ)

指導だとわかっているのに照れくさくてドキドキが止まらない。言われたとおり手綱を引くと、ジェニが羽ばたき空へ飛び立った。

ワイバーンの装身具には手綱と取っ手がある。手綱は地上や通常飛行で使用し、短い取っ手はアクロバティックな飛行で使用するのだ。慣れてくると取っ手を使う人が多く、ナゼル様も一人で乗るときは取っ手派らしい。

新しい鞍にまたがった私とナゼル様を乗せて、ジェニはぐんぐん高度を上げていく。

騎獣の出す魔法の障壁のおかげで息がしづらくはないし、温度や天気の影響は受けない。

「ジェニ、すごいでしゅねー。お利口さんでしゅねー！　可愛いでしゅねー！」

「グルル」

ご機嫌なジェニに乗り呰の方まで移動する。馬車だと時間がかかるがワイバーンだと一瞬の距離だ。ただ、降り立つ場所は選ばなければならない。街などに着地すると大騒ぎになるし、起伏の激しい場所だと騎獣が怪我《けが》をしてしまう。

スートレナ各所では平らに均《なら》された騎獣用の停留所があり、広い地面に騎獣が自由に降りられるようになっていた。こういうところは空いた土地の多い田舎ならではだ。

しばらく飛び続けると、ナゼル様は私の両手を握ったまま飛行術を褒めてくれた。

「上手だよ、アニエス。とても初めてだとは思えない」

「ありがとうございます」

スピードを上げるジェニと共に私たちは森の方へ進んでいく。

時期が時期だからか、森からは大きな魔獣の咆哮《ほうこう》が聞こえた。空に飛び出しては来ないだろうけれど、怖くて思わず身震いしてしまう。

「もうすぐ新月ですよね。魔獣がいつにも増して凶暴になり、人を襲うことも増えるという」

「そうだね。その日は俺も現場に出なきゃ」

ナゼル様の言葉を聞き、私は改めて心配になった。

辺境スートレナの責任者である彼が、ぬくぬくと屋敷にこもれないのは知っている。

彼には領地全体の報告を取りまとめて指揮するなど、現場でやらなければいけない領主の役目があるのだ。

領主の安全を最優先すべきだという意見も上がっているが、ナゼル様は騎士団での経験もあって強い上に、現場対応が的確にできてしまう。何より、スートレナの住民を危険にさらして自分だけ引きこもるのをよしとしない。

「ナゼル様が心配です」

「大丈夫だよ、アニエス。危ないから君は屋敷にいるようにね。中心街は危険が少ないと思うけれど」

「私も、人々の役に立ちたいです」

「アニエスにはたくさん助けてもらっているよ。柵や建物の強化は君にしかできない」

そうはいっても、何もしないのは却《かえ》って落ち着かない。

（コニーのように魔獣と対峙《たいじ》するのは無理だけれど、他にできることをしたいわ。あ、そうだ）

私はいい案をひらめいた。

「ナゼル様、領主の屋敷には無駄に大きな広間がいくつかありますよね。そこを領民の一時的な避難所にしてはいかがでしょうか。さすがに全領民の家の強化は不可能ですし、中には自宅の強度に不安を感じる人もいると思います」

領主の屋敷なら中心街だし高い塀に囲まれている。その上、屋敷全体に私の強化魔法を施した。

「領民だからと、誰彼構わず招き入れるのも心配だけれど」

「そこはほら、護衛のトッレもいますし。出入り禁止スペースは鍵を閉めて扉も強化します」

「俺が心配しているのは、屋敷ではなくアニエスだよ。君に何かあったら俺は正気ではいられない」

「では、私にも強化魔法をかけましょうか。ナゼル様もお守り代わりにどうぞ」

冗談で自分とナゼル様とジェニに魔法をかける。人体に変化はないと思うけれど、これも気持ちの問題だ。

「ありがとう、アニエスの心遣いが嬉しいよ。次は、回転飛行に挑戦しようか」

「いきなり回転だなんて、難易度を上げすぎでは？」

「アニエスの筋がいいからね。空を飛ぶ魔獣から逃げるときや、矢を避《よ》けるときなんかに役立つよ」

そんな日は永遠に来ないと思うし、来ないで欲しい。

「それに、回転はワイバーンも面白がって喜ぶし」

「やります」

ジェニのためならと私は即答した。

回転飛行の訓練では短い取っ手を使うので、ナゼル様が私に覆い被《かぶ》さる形になる。聞こえてきた彼の心音が、心なしか速いように思えた。

（もしかして告白をする絶好のタイミングが、今度こそ回ってきたのではないかしら？　邪魔しに来る人もいないし）

考えた私は、すかさずナゼル様に話しかける。

「あ、あの、ナゼル様」

「そんなに意気込んでどうしたの、アニエス？」

「えっと、前からお伝えしようと思っていて、タイミングを逃し続けていたんですけど。私はずっとナゼル様のことが……」

ところが、肝心な言葉を伝えようとした瞬間、ジェニが回転訓練なのを察知して、嬉しそうにくるりと体を動かし始める。ワイバーンは聡《さと》い生き物で人間の気持ちを敏感に感じ取るのだ。空気は読まないけれど。

　ぐるんと回る視界や障壁の中でも微妙にかかる重力。さらに密着するナゼル様の感触や温度。

（うう、大変な状況にっ……でも、今言わなきゃ……！　この想《おも》い、どうかナゼル様に届いて――）

　いっぱいいっぱいいっぱいの状況下で、私は声を振り絞った。

「ナゼル様、しゅき!!」

「……っ!?」

　突然の告白の返事を受け固まったナゼル様は、大きく息を呑《の》んだ。

※

　ナゼルバートはワイバーンの上で取っ手を握りながら、思考停止状態に陥っていた。

「しゅき!!」

　それは、目の前のアニエスから発せられた破壊力抜群の言葉。好きと告げようとして噛《か》んだのだろう、控えめに言ってめちゃくちゃ可愛かった。

（ああ、今すぐ顔が見たい）

　頭の中でアニエスの「しゅき！」が何度も繰り返される。

　こんなときでなければ力強く抱きしめてキスして、その後はどうにかなっていたかもしれないが、今は紳士的な対応を心がけるべきだと、ナゼルバートは己に言い聞かせた。

同時に回転飛行に満足したジェニの動きが止まる。

「ナゼル様、き、聞こえましたか？」

消え入りそうな声で問うアニエスの背中は不安そうだ。

そういえば彼女は以前から自分に何かを伝えようとしていた。そのたびに邪魔が入ったが、もしかして告白の返事だったのだろうか。

頭の中で再び「しゅき!!」という可愛い声が響く。

そういうことかと理解した瞬間、ナゼルバートはアニエスが今まで以上に愛《いと》おしくてたまらなくなった。華奢《きゃしゃ》な腰に回した手に力を込める。

「アニエス、ちゃんと聞こえたよ。俺と同じ思いでいてくれたんだね。とても嬉しい」

応えるとアニエスは耳を真っ赤にした。表情が見たくてたまらないけれど、今は安全飛行を優先しなければならないので残念だ。

再びジェニの回転に付き合いながら、手綱を動かして屋敷の方角へ向きを変える。

山の向こうへ太陽がゆっくり沈みかけていた。

中心街まで戻ってきたので回転の練習は中断し、普通の飛行に切り替えた。賢いジェニは自ら屋敷の庭に向かって飛んでいく。

「もう取っ手から手綱に持ち替えて大丈夫だよ、アニエス」

「はい、先生」

ナゼルバートは再び沸き上がる衝動と闘う。

「しゅき」だけに止《とど》まらず、アニエスの「先生」呼びにもぐっときてしまう自分は一体。

「ねえ、アニエス、こっちを向いて？」

ゆっくりと振り返った彼女はナゼルバートを見て、予想通り赤い顔をますます赤くする。

（可愛すぎでは？）

我慢できず、ナゼルバートはぷっくりとした桃色の唇をついばんだ。

「ふ、ん、むぅ」

手綱を握ったままのアニエスは目を閉じて甘い声を発している。

ジェニは上に乗る二人を気にせず、徐々に降下して屋敷の庭へ降り立った。この日の騎乗訓練は終了だ。

名残惜しいような、安全な地上でアニエスを構い倒したいような相反する気持ちを抱きながら、ナゼルバートは先にジェニから離れて地面に着地する。そして振り返り……。

「アニエス、飛び込んでおいで」

いつものようにアニエスに向けて両手を広げれば、彼女はさらに赤くなった顔で躊躇《ちゅうちょ》し始める。

「ひ、一人で降りられますっ！」

けれど、アニエスは飛び降りる選択しかできない。

なぜなら着地地点にはナゼルバートが立っており、彼女が一人で降りる邪魔になっているからだ。

血色のいい頬を膨らませたアニエスは、しばらく自力でなんとかしようと奮闘したが、やがて観念してジェニの背中からナゼルバートに向けてジャンプした。

天使のような妻をしっかり抱き留め、ナゼルバートは満足する。彼女に出会うまで、自分にこんな強情な一面があるとは知らなかった。

「お疲れさま。アニエスはとても騎乗が上手だね、騎士団の新人でもこうはいかないよ。騎乗において大切なのは技術はもちろん、騎獣との信頼関係だからね」

「本当ですか？　なら、ジェニのおかげですね」

庭を歩こうとしたアニエスは、飛行訓練のせいでふらふらした足取りになっている。騎乗に慣れないうちは誰もが通る道だ。初めてスートレナへ来たときも彼女はふらついていた。

ナゼルバートは、そんなアニエスを抱きかかえて屋敷に運ぶ。中に入るとケリーが待っていた。

「ケリー、アニエスをよろしく」

ひとまず彼女を部屋まで連れて行き、侍女のケリーに預ける。

長時間動いたため、ナゼルバート自身も体を拭いたり着替えたりしなければならない。

「アニエス、またあとでね？」

「はい、ナゼル様。ありがとうございました」

入れ替わりで、ケリーがアニエスに話しかける。

「アニエス様、筋肉痛になるといけませんから、先にマッサージをしましょう。横になってください」

相変わらずケリーはアニエスを気に入っているようで、彼女に対してはとても過保護だった。

扉を閉めると、中からアニエスとケリーの会話が聞こえてくる。

「アニエス様、全身が凝っております。飛行訓練のせいでなく、日頃から本の読み過ぎでは？」

「そうかも。早く領地のことを覚えたくて」

「無理はいけません、ほどほどにしてくださいね。こちらもほぐしておきましょう」

「ん、んん……は～ん、気持ちいい～。んん～っ、そこ～」

無防備なアニエスの声を扉越しに聞いて、ナゼルバートは少しだけドキドキした。

❸ 芋くさ夫人、人助けをする

スートレナはデズニム国の中でも特に人口の少ない領地だ。

領民の多くは中心街に固まって住んでおり、残りは離れた場所に集落が点在している。

各集落は距離があるため、馬や騎獣での移動が必須だ。

中心街は魔獣の被害が一番軽く、街を囲むように張り巡らされた壁には私がすでに物質強化の魔法をかけた。

そのため避難所に集まるのは、中心街の壁の外に住む人や集落の人が中心だと思われる。彼らが安心できるよう、屋敷の広間を整備して避難所とすべく、私はメイド姿で働いていた。

広い屋敷のため、メイド全員で取りかかっても大仕事である。

その間、ナゼル様は各集落の偉い人と屋敷の一室で会議中。メイド姿になる前に領主夫人としての挨拶は済ませたので会議終了まで私は自由だ。

広間の掃除が一段落したところで、私は差し入れを準備しようと厨房《ちゆうぼう》へ向かい……。

「わっ……？」

途中、廊下に出ていたナゼル様に捕獲された。

「アニエス、捕まえた」

嬉《うれ》しそうにふわりと微笑《ほほえ》む彼を前に、さっと私の頰が熱を持つ。

「な、ナゼル様？　会議はどうしたのですか？」

「重要な部分は終わったから、少し休憩を挟むことにしたんだ」

「では、飲み物やお菓子を用意しますね」

「ケリー、悪いけど頼めるかな」

いつの間にか私についてきていたケリーが、無表情で親指を立てた。「了解」という意味みたいだ。相変わらず真顔の彼女だけれど、今はなんとなく嬉しそうに見える。

メイド姿の私は、ナゼル様に抱えられて彼の部屋に連れ去られてしまった。

「お疲れさまです」

ベッドに腰掛けるナゼル様の膝の間に座り、ぎゅっと拘束される。私からも告白したからか、ナゼル様の行動は以前よりさらに大胆になった。

「アニエス、休憩が終わるまで少しだけ抱きしめさせて？」

ナゼル様の吐息が首にかかった私は、顔に熱が集まり猛烈な恥ずかしさに襲われ大混乱に陥る。

思わず後ろを振り向くと間近にナゼル様の顔があり、嬉しそうに顔をのぞき込まれてしまった。

「あ、あの。この状態は、ちょっと照れます」

「なら、慣れようね？」

（無情……！）

いい笑顔のナゼル様は私を放してはくれなかった。

彼の指先が私の顎を優しく持ち上げ、ゆっくりと唇が下りてくる。

「ま、待っ……」

「待たない」

聖人のようなナゼル様の琥珀色《こはくいろ》の瞳に、余裕のない熱が灯《とも》っているのを見て、私はどんな言い訳をしても逃げられないのだと悟った。

けれど、艶《なま》めかしいナゼル様の唇は嬉しそうに曲線を描いており、それを見ると私の恥ずかしいという気持ちも我慢できる。

「アニエス、好きだよ」

「私もナゼル様が好きです」

今度こそは、噛《か》まずに言えてホッとする。

何度もキスされ、ぼーっとした頭でナゼル様を見つめると、くすりと微笑む彼が優しい手つきで私の体を抱えて押し倒し……ふと、顔を上げて扉の方を眺めた。

同時に、扉がドンドンと力強く叩《たた》かれる。力強すぎて壊れないか心配だ。

「ナゼルバート様！　お時間です！　休憩は終わりですぞっ!!」

外から響いてくるのはトッレの大声だ。会議の再開時間が迫っているので呼びに来たのだろう。

ナゼル様は行きたくなさそうにしていたけれど、会議をすっぽかすわけにもいかず渋々立ち上がる。

私は彼を応援した。

「ナゼル様、頑張ってください」

「ありがとう、アニエス」

片手で顔を覆って「可愛《かわい》い、可愛い……」と呟《つぶや》きながら去って行くナゼル様。心配だ。

（おかしな呟きをするくらいお疲れなのね。晩ご飯には疲労回復にいいメニューを加えてもらいましょう）

むくりと起き上がった私は、まっすぐ料理人メイーザのもとへ向かった。


避難所の準備が完了し、私のワイバーン飛行が様になった頃、いよいよ問題の新月の日がやってきた。この日には魔獣が大量発生して人里を襲う。それには理由があった。

魔力というものは満月に近づくほど増加して安定する。逆に新月が近づけば減少して不安定になる。

人間には影響がないものの、魔獣の中には新月に体内の魔力が欠乏し、酔ったような状態に陥る種類がいた。もともと人間を襲う魔獣が魔力欠乏に陥ると、飢餓状態となり手がつけられないくらい凶暴化し問答無用で人里に突っ込んで来る。

自然豊かで魔獣の多いスートレナ領は、昔からこの問題に頭を悩ませていた。

（それを防ぎ人々を守るのが、領主であるナゼル様のお仕事なのよね）

頭では理解しているけれど、心配なものは心配で、彼を送り出さなければならない私は玄関先で落ち着かない気持ちに駆られた。

屋敷のメンバーも揃《そろ》って、まだ明るい昼のうちに皆でナゼル様を見送る。

（笑って、送り出さなきゃ……ね？　でも、難しいわ）

私はきゅっと唇を噛み、ナゼル様の上着の袖口を摑《つか》んで言った。

「ナゼル様、どうかお気をつけて。くれぐれも、無理はしないでくださいね」

「うん、行ってくるね。アニエスも気をつけて」

「私は平気ですが、ナゼル様が心配です」

「そんな顔をしないで？　俺は無事に戻ってくるから」

皆の前でナゼル様は私の背に手を回し、首元に顔を埋《うず》める。たまたま襟ぐりが広めのドレスを着ていたためいつもより緊張するし、彼の息が肌に当たってくすぐったい。

「アニエス、君から見送りのキスが欲しいな」

ナゼル様が耳元で大胆な要求を囁《ささや》いたせいで、ボッと私の顔から湯気が上がりそうになる。

「キス？　あの、屋敷の皆の視線が気になります」

「恥ずかしいの？　それなら……」

私の手を取り玄関を出て庭に移動するナゼル様。屋敷のメンバーも気を遣っているのか、外までついてくることはない。

（もしや、言い逃れできないよう、先手を打たれたのでは？）

庭先に生える大きな木の前で立ち止まり、「さあ、どうぞ」というように、にっこり相好を崩すナゼル様。

（素敵な笑顔ですね！）

最近思うのだけれど、ナゼル様はこういうとき少しだけ意地悪だ。

でも、危険な地に行く彼が望むのなら、なんでも叶《かな》えてあげたい気持ちになる。だって、私は彼を待つことしかできないから。

「わかりました。では、ちょっとだけ屈《かが》んでください」

ナゼル様はすらりと背が高いので、私の身長ではキスしようにも彼の顔に届かない。

「それから、こっちは見ないで。目は閉じてくださいね？」

「ふふっ、注文の多い奥さんだね。いいよ」

ナゼル様はそれすら嬉しいというように、言われたとおりに動いてくれた。

木漏れ日が差し込み、美しいナゼル様の顔を照らす。造形が整っていて本当に格好よくて、心臓の鼓動が速まる。

覚悟を決めた私はぎゅっと目を瞑《つぶ》り、彼の唇に押しつけるようなキスをした。

（ひゃぁあああ、なるようになれ！　でも、恥ずかしすぎて頭が沸騰しそう！）

ゆっくり目を開けたナゼル様は、ささっと離れる私を素早く確保する。ぐるんと体が回転し、気づいたときには大きな木の幹にもたれかかる体勢になっていた。

そして、目の前にはナゼル様がいて、私の体の両側に手をついている。

「嬉しいな、アニエス。キスは頬にと思ったけれど、まさか唇にしてくれるなんて」

熱い視線を送られ、ボボボッと頬の熱が増した。

「……目を閉じたし、そういう流れでしたよね？」

木とナゼル様に挟まれて身動きできない私は、なぜか目の前の彼から危険を感じてしまう。大好

きな夫を見送るはずが、どうしてこうなったの？

「アニエスは本当に可愛い。大丈夫、仕事なんてすぐに終わらせて帰って来るから」

「はい。どうかご無事で」

「前にアニエスに『物質強化』のおまじないをしてもらったし、平気だよ」

あれは気休めで施した魔法で、人体に変化はないと思う。

でも、出発前にそれを言うのも無粋な気がして、私は黙ってこくりと頷《うなず》いた。

そのあと私を拘束したまま髪や顔に好きなだけ口づけを落としたナゼル様は、大変機嫌良く仕事に出かけていった。

（残された私も、避難所の切り盛りを頑張らなきゃ）

屋敷の門前には避難してきた人々がちらほら並び始めている。まだ少ないが、これから増えてくるだろう。

「ケリー、そろそろ門を開けて、彼らに広間へ入ってもらいましょう。広間だけで足りると思うけれど、オーバーするなら事前の打ち合わせ通り、予備の空き部屋を順に使います」

「かしこまりました、アニエス様」

「受付はモッカとローリー、案内はマリリンに。あなたは臨時で雇ったメイドたちの指揮をお願いします。喧嘩《けんか》や悪質な避難者などのトラブルがあれば、トッレが玄関前で待機しているから彼を出動させて。私は広間に移動するわ」

屋敷の中にぞろぞろと避難してきた人々が、最低限の荷物と共にやってくる。

住み慣れた家を出て、ここへ来た領民は皆不安そうだ。

ナゼル様が用意してくれた、仕切り用の植物やふわふわのマットになる植物を並べ、一人一人を励ましていく。大人数の食事はメイーザと臨時で雇った料理人たちが作っている。

領主の屋敷の使用人は不人気職だったが、ここ最近急激に評判が上がったようで、臨時とはいえ多くの人が求人に応募してくれた。

(新月の夜に安全な場所で過ごせるメリットもあるしね)

時間になると屋敷の門を閉め、皆には一晩をここで過ごしてもらう。魔物が活発化する夜まであと少し。

(今夜は眠れなそう)

砦《とりで》の方角を見つつ、私はまたナゼル様の安全を願う。

夜が訪れ窓の外から魔獣の不気味な咆哮《ほうこう》が響いてくるようになると、避難所にはたくさんの人が集まり部屋が埋まってしまった。予備の部屋も開放し、屋敷の中は予想以上に賑《にぎ》やかになる。

領民同士もそれぞれ魔法の力を使い、互いに助け合って過ごしていた。

(屋敷の中は大丈夫ね。外のジェニが怖がっていないか心配だわ)

屋敷の塀は強化され、ワイバーンの厩舎《きゅうしゃ》も頑丈だが確認しないと気持ちが落ち着かない。

様子を見に行こうと一人庭の外に出た。

「ジェニ、大丈夫?」

強化した木製の厩舎に入ると、ジェニは起きていた。いつもと違う雰囲気をなんとなく感じ取っているのか、桃色の体で落ち着きなく歩き回っている。

「よしよし、ここは大丈夫でしゅよ〜」

ジェニを宥《なだ》めようと、すべすべの体を撫《な》でると、先ほどにも増してジェニがそわそわしてしまった。桃色のワイバーンは、小さく開いた入り口からしきりに外の様子を窺《うかが》っている。

「いつもと雰囲気が違うとわかるのね？　でも、それにしても様子が変だわ」

ジェニを宥めていると、厩舎の入り口を閉めているにもかかわらず、街の方から人々の悲鳴が聞こえた。

（今の声はかなり屋敷に近いような？　ジェニが落ち着かないのはこのせい？）

中心街は強固な壁に囲まれているし、壁の周囲には魔獣を中へ入れないための人員を配置している。壁を突破しようとする魔獣が現れても、彼らが都度退治して確実に人々を守っているはずだ。にもかかわらず、魔獣が中心街へ入ってくる場合に考えられるのは……。

「駆除係が取り逃した？」

ナゼル様の植物魔法に私の強化魔法を使っても、広い街全体をドーム状に覆うことはできない。真上は空いていて、壁さえ飛び越えられれば魔獣は中に侵入できる。

（でも壁を突破できる魔獣は限られるわね。羽があったりジャンプ力が高かったり吸盤が付いていたり……）

しかし、羽のある魔獣の多くは新月の日でも魔力に酔わず、我を失いにくいと言われている。飛行型の騎獣と同じく、飛ぶ際に障壁を生み出すなど魔力の変化に耐えられるからだ。

ただ、何事にも例外はある。

「越えてしまったものは仕方がないわ。なんとかしないと」

全方位を強化した屋敷や厩舎は魔獣に壊されることはないが、街に住む人々の家はそこまで強くない。特に扉や窓の部分は脆《もろ》いだろう。

「ジェニに乗って、危険にさらされている人を一人ずつでも屋敷の中まで運べれば……いや、駄目かしら。でも今、悲鳴を上げている人を見捨てるなんて」

葛藤していると、ジェニが私の意図を汲《く》んだようにバサバサと羽ばたき始める。彼の目は、外にある何かを感じ取っている風にも見えた。

「わかった、行きましょう。危なくなったら、ジェニは空に逃げてね」

避難した人々の安全を守るトッレを今呼び出すわけにもいかないし、屋敷内へ戻る時間もない。

決意した私は、ジェニにまたがって夜空に飛び立つ。

スートレナの新月の夜は黒のインクをぶちまけたように暗いが、魔獣に荒らされた家から火の手が上がっており、その明かりで周辺が照らされて見える。ぞわぞわと魔獣の気配が感じられる中心街からは、いつになく不穏な気配がした。

「ジェニ、真下の平地に着地しましょう。でも、ここって」

私が指さしたのは燃えさかる家の近くで、外に焼け出された人が二人蹲《うずくま》っていた。近くに魔獣の姿はない。

ジェニは速度を落として地面に着地し、私もジェニから降りて彼らの方に走った。

「もう大丈夫です、ひとまずここから避難しましょう。立てますか？」

顔を上げた二人の顔を見て、私はハッと息を呑《の》む。

焼け出されたのは、お世話になったことのある食堂「花モグラ亭」の夫婦だった。二人は怪我《けが》で動けないらしく、ただ呆然《ぼうぜん》とした様子で口を開く。

「あ、あなたは、お屋敷のメイドの……」

私を見た二人が声を上げる。いつも街に出るときはメイドに変装していたのだ。

「私のことはあとでご説明します。まずは安全な屋敷へ向かいましょう」

二人をジェニの背中に乗せ屋敷まで運ぶ。三人乗りは難しかったが、スピードを出さなければなんとかなった。

屋敷に戻ると、私を発見したトッレが悲鳴を上げた。

「アニエス様、今までどこに行っておられたのです！　屋敷のどこにも姿が見えず心配したのですぞ！」

「ごめんなさい、街で悲鳴が聞こえて……緊急事態なの。魔獣が街の中へ入り込んでいるわ。どうにかしないと……！　ケリー、彼らをお願い。怪我をしているの」

すぐにケリーが怪我人を別室へ連れて行く。幸い避難していた人の中に医者がいた。

「まだ他に怪我人がいるかもしれないので、行ってきます」

「アニエス様!!」

トッレが目を見開いたが、今ジェニに騎乗できるのは私しかいない。ジェニは頭が良い分少々気難しく、私とナゼル様とコニー以外が乗るのを受け付けないのだ。

「トッレは避難所の人たちを守って！」

素早く駆け出した私は屋敷の入り口で待機するジェニに飛び乗り再び街へ発《た》つ。

ナゼル様が治める領地の人々を可能な限り救いたかった。

※

ナゼルバートは馬を駆り、砦から中心街へ向かって走っていた。街の中に魔獣が出現したと報告を受けたからだ。壁を守っていた駆除係が取り逃がしたらしい。となると、塀の中にいるナゼルバート自身が動く方が早い。

あろうことか、魔獣が暴れているのは屋敷の近くだった。

しばらく進むと、燃えている家の傍《そば》から魔獣の咆哮が聞こえた。

(近くで誰かと交戦している？)

音のする方へ足を運ぶと、魔獣退治の役目に就いているコニーが先に到着していた。彼の魔法「俊足」で移動してきたのだろう。

「コニー、援護する！」

後ろから声をかけたナゼルバートは、鋭い棘《とげ》を持つ植物で魔獣の動きを遮った。

「助かります！」

そこへ短剣を振り上げたコニーが突っ込み、とどめを刺す。巨大な魔獣は音を立ててその場に倒れた。

ナゼルバートはホッと胸をなで下ろすが、コニーは険しい顔のままだ。

「もう一匹、魔獣が入り込んでいます。壁を乗り越えた魔獣を二匹同時に追うことはできず、危険な方を優先したので見失いました。でも、あの魔獣なら、この近くにいるはず」

何かを確信しているような口調だった。

「コニー、君は何か知っているの？」

尋ねれば、彼は迷ったそぶりで口を開く。

「俺はその魔獣を見たことがあります。以前、領主の屋敷で飼われていた奴《やつ》だ。そいつは他の領民を襲わず、まっすぐ領主の屋敷を目指して来る。屋敷はアニエス様が魔法をかけているから大丈夫だと思いますが……」

「何やら事情がありそうだね。そういう話なら急いで屋敷へ行こう。詳細は移動しながら……ん？」

ふと上を見上げると、ワイバーンが飛んでいた。

「なんで、ここにワイバーンが？」

しかも、炎に照らされたワイバーンは見覚えのある個体で、その上には女性が乗っている。

「あ、アニエス!?」

いるはずのない妻を見つけたナゼルバートは悲鳴を上げた。

※

救助活動を続けていると、街の中にナゼル様を発見した。ついでにコニーもいる。

私が地面に降り立つと、ナゼル様は焦った様子で駆け寄ってきて手を取った。

「アニエス、何をしているんだい？　外は危険だ！」

「ジェニに乗れるのが私だけでしたので、怪我人を救助して屋敷へ運んでいました。トッレはジェニに乗れませんし、避難民を守る人員を外に出すわけにはいきません。ナゼル様は魔獣を退治されたのですね」

彼らの向こうには熊に似た大きな魔獣が倒れている。太く大きな足が特徴的で、それを使って壁をよじ登ったか飛び越えたのだと推測できた。

「肝が冷えたよ。でも、もう一匹魔獣が街中に入り込んでいるから、俺はこれからその魔獣も退治しに行く」

「そうなんですね、お気を付けて」

「危険度は低いけれど、魔獣はまっすぐ領主の屋敷を目指しているらしいから、急いで向かわなくてはいけないんだ」

屋敷の壁は頑丈だけれど、それを乗り越えられる魔獣だったら大変だ。事情を聞いた私は後ろを振り向いて二人に告げた。

「なら、ジェニに乗ってください！　最速で屋敷に着けます！」

ジェニの後ろにナゼル様とコニーを乗せ、月のない夜空へ飛び立つ。街中で燃えさかる火は弱まり、徐々に辺りは暗くなっていった。

庭に着くと、魔獣について知っているコニーが口を開く。

「先ほど、ナゼルバート様には『問題の魔獣が領主に飼われていた』という話をしましたよね。そいつが前領主の死因なんですよ」

衝撃的な話を聞いて、びっくりした私は声を上げた。

「ええっ！　前領主が魔獣に殺された話は有名だけど、まさか自分の飼っていた魔獣に殺されたなんて……そういえば、庭の奥に古い不気味な厩舎があったわね。あそこで飼われていたのかしら」

新しくジェニの厩舎を建てる際に、過去のものは取り壊した。

コニーはボソボソと前領主の魔獣について説明し始める。ジェニの出す障壁のおかげで、小さな声も確実に聞き取れた。

「領主の家で代々飼われている、珍しく知能の高い魔獣でした。人間の言葉を全て理解し、上下関係や地位まで把握するような奴です。俺の両親は前領主のもとで騎獣の世話係として働いていましたが俺自身も二人の仕事を手伝っていて、その魔獣のことは知っているんです。本来は穏やかな性格の奴なんだ」

しかし、前領主は鬱憤晴らしに珍しい魔獣を虐待していたらしい。そんな魔獣をコニーや彼の両親が庇《かば》って領主の怒りを買い、魔獣もろとも殺されそうになったそうだ。

「俺たちを守るために魔獣が領主を殺した。ことを終えたあとで俺らがあいつを森に逃がし、一連の事件を隠した。こんなことになるとは思わなかったから」

俯《うつむ》くコニーにナゼル様が話しかけた。

「魔獣はどうして領主の屋敷へ向かっているの？」

「再び領主を殺すためだ、あいつは領主という存在を憎んでいます。屋敷に住む新たな人間の気配を感じ取り、普段は理性で抑えていた恨みが新月の力で制御できずあふれ出したのかも」

先々代の領主に捕らえられ狭くて暗い厩舎の中で過ごし、先代の領主には一方的に虐待されたという魔獣。知性があるからこそ、その恨みは深いだろう。

「なら領主である俺が対応しなくてはね。アニエスは安全な場所に移動して」

ナゼル様が心配だが、私がいれば足手まといい。そのくらいはわかる。

（もどかしいわね。それなら……）

屋敷に着いてジェニを厩舎へ帰し、私も厩舎の中から外の様子を窺おうと決めた。

窓を小さく開けてこっそりナゼル様を見守る。ジェニも窓の傍までやって来た。

しばらくすると、ドスンという大きな音が庭に響く。

「来たわね」

庭には篝火《かがりび》を焚《た》いていたので、夜でも辺りの様子が見える。

現れたのは八本の足を持つ巨大な馬だった。ドスンというのは、馬が塀を跳び越えた音のようだ。

「畑がある場所じゃなくてよかった」

さすがに収穫前の野菜を固く強化するわけにはいかない。食べられない野菜ばかりを大量に収穫しても使い道に困る。

（投げるくらいしかできないじゃないの）

魔獣を見たコニーが、何かを言いながら駆け寄っていく。説得を試みているようだ。

ナゼル様が止めようとしたが、コニーはそれを無視して巨大な魔獣に触れた。

「距離があるから聞こえないわね。でも、危ないんじゃないかしら」

普段ならともかく、今は新月で気が立っているに違いない。

「グルル」

ジェニは私の隣で同意をするように小さく唸《うな》っている。

次の瞬間、予想通り暴れ出した魔獣は、大きく嘶《いなな》くとコニーに向けて両足を振り上げた。

「大変、踏み潰されちゃう！」

しかし、悲劇は回避される。

ナゼル様が素早く前に出てコニーを背に庇ったのだ。代わりに魔獣の足がナゼル様に当たり、彼を遠くへ撥《は》ね飛ばす。

「ナゼル様！」

思わず私は全てを忘れて外に飛び出した。弧を描いて地面に叩きつけられたナゼル様までの距離がもどかしい。

けれど、私が辿《たど》り着く前に、彼は何事もなかったかのようにむくりと起き上がった。

(普通に立ち上がった!?　ナゼル様って不死身なの!?)

ナゼル様は余裕に溢《あふ》れた足取りで植物を生み出す魔法を発動し、あっさり魔獣を捕まえてしまう。

今回は食虫植物に似た巨大な草で、筒形の花の中で魔獣が暴れている。

助けられたコニーも無事だが、腰を抜かして地面に座り込んでいた。普段の強気な態度はなりを潜めている。

「あれ、アニエス」

私の姿を確認したナゼル様は、困ったように眉尻を下げた。

「安全な場所にいるよう伝えたのに、出て来ちゃったの？」

「ナゼル様が蹴り飛ばされるのが見えて、いても立ってもいられなくて。怪我はありませんか？」

「うん、なぜか……蹴られたのにピンピンしているよ。まあ予想はつくけど」

そんなことはどうでもいいとばかりにナゼル様は私を抱きしめ頬をスリスリし、怪我がないかを確認した。

「まずは、ご自分の心配をしてください」

「本当に俺は無傷なんだ。アニエスこそ一人で街へ出ている間に危ない目に遭わなかった？」

「はい。魔獣はナゼル様が倒してくれましたし」

二人で喋《しゃべ》っている間に持ち直したコニーは、捕獲された魔獣に近寄り話しかけ始める。

食虫植物風の花だけれど、中にいる生物を溶かす性質はないらしい。

「この人は今までの領主とは違って、お前を傷つけたりしない。もう大丈夫だから落ち着いてくれ」

必死なコニーの様子を見て、ナゼル様は小さく息を吐いて彼に近づく。

「コニー、大丈夫だ。今は花の中で暴れている魔獣も、新月の夜が明けるにつれて状態が落ち着いていく」

余裕がなかったけれど、気づけばだんだんと空が白み始めている。透き通った紫色の空と、今にも溶けてしまいそうに薄い金色の雲――夜明けが近い。

「コニー、魔獣は檻《おり》に移しておくから、君も避難所で少し休むといいよ」

ナゼル様は魔獣を囲むように植物の柵を張り巡らせて檻を作り、花の中にいた魔獣を解放した。私は魔法で檻を強化する。天井まで覆われたタイプの柵なので安心だ。

コニーは殊勝な顔でナゼル様にお礼を言った。

「ありがとうございます、ナゼルバート様。あとで詳しい話をさせてください」

「うん、わかった」

全てを終わらせたナゼル様は、庭をうろうろする私を捕獲し屋敷へ向かう。

好奇心旺盛なジェニが厩舎の窓からコバルトブルーの目を覗《のぞ》かせ、楽しそうに二人を見つめていた。

※

ざわざわと騒がしい避難所の一角で、コニーは少しの間仮眠した。朝になればやることがたくさんある。

コニーの祖父は没落したとはいえ元貴族。おかげで、コニーは現在下っ端役人として働けている。両親は二つ前の代から、領主一家に侍従長とメイド頭として仕えていた。

ただ、前々領主のときは条件のよい上級使用人だったのが、前領主の気まぐれで馬丁に降格された。前領主は無茶な行動が多く金遣いも人一倍荒く、それを注意した両親を煙たがって外での仕事に就けさせたのだ。このとき、両親だけではなく他の使用人もたくさん配置換えされた。

上級使用人はほとんど左遷または解雇され、前領主に逆らわない安く雇える人員や、彼が街で知り合った怪しげな輩《やから》に代わった。屋敷は増改築が繰り返され、湯水のごとく税金が使われ、スートレナの人々の生活は困窮していった。

それでも、コニーの両親は腐らず馬丁としての仕事を続けた。それ以外に生きていく方法を知らなかったからだ。

当時、厩舎には前々領主が手に入れた珍しい魔獣がいて、両親の仕事は主にその魔獣の世話だった。コニーも屋敷を訪れては両親を手伝った。

グラニと呼ばれる馬に似た魔獣は大変頭がよく穏やかな性質で、本来は森や草原を高速で駆け抜ける種類だったが、領主のコレクションにされたがために小さな厩舎の中だけで過ごしている。狭い厩舎での生活は窮屈だろうに、グラニは両親やコニーに心を開いてくれた。

だが、前領主は森に入っては遊びと称し罪のない魔獣を狩るような人間で、コニーの両親がいない時間にグラニに目をつけた彼は近場で鬱憤を発散させる方法を覚えてしまう。怪我に気づいた両親やコニーが手当てをしている最中も、刃物を持って再びグラニに会いに来た前領主。当然、両親やコニーはそれを止める。

すると、彼はその刃物を丸腰のコニーたちに向けた。コニーの魔法を使っても、三人と一匹で同時に逃げるのは難しい。もう駄目だと覚悟した瞬間、それまで大人しく立っていたグラニが大きく嘶き足を振り上げ、前領主を蹴り飛ばした。何度も、何度も。

まるで、コニーたちを危険から守ろうとしているようだった。

その後、魔獣に蹴られた上に何度も踏みつけられた領主は、怪我が原因で亡くなった。

しかし、領主を――人間を傷つけた魔獣は普通なら殺処分されてしまう。だからコニーたちは、グラニの鎖を外して厩舎の扉を開け、こっそり外へ逃がした。賢いグラニは事態を理解し、両親に言われるまま森へ向かった。幸い、ことが起こったのは夜で、自分たち以外に目撃者は誰もいない。

両親もグラニの手当てで遅くまで残っていただけで、本来ならとっくに帰っている時間帯だった。

こうして、その一件は酔った領主が魔獣に近づいた際に起きた事故として処理された。コニーたちは無関係を装い、真実を隠し通したのだ。

前領主がいなくなると屋敷に仕えていた者たちはあっさり解散した。両親も仕事を辞め、今は郊外で騎獣牧場の手伝いをしている。

　このことを知っているのは、領主不在の穴埋めとして王都から派遣され、偶然事件に気づいたヘンリーだけ。そして、ヘンリーもこれを事故として処理した。

　真実は永遠に隠された……はずだった。新しい領主が赴任し、グラニが新月の魔力に酔って判断力を失わなければ。

　コニーはこれから起こるであろう事態を思い、暗澹《あんたん》たる気持ちになった。

※

　あれから、部屋で少し眠った私が目を覚ますと、隣にナゼル様が座っていた。

　彼の向こう――開いた窓からは、昨日の事件が嘘《うそ》だというような、すがすがしい庭の景色が見える。

「おはようございます、ナゼル様。もう、外が明るいですね、ナゼル様は、ちゃんと寝ましたか？」

「おはよう、アニエス。大丈夫、よく眠れたよ」

　ナゼル様はにっこり微笑んで、私の髪を優しく撫でる。

　起き抜けとはいえ、彼は隙のない姿だ。おそらく、先に避難所を見回ってきたのだろう。

「アニエス。昨夜、君が外に出ていたのを見たとき、心臓が止まるかと思った」

「う……それは……」

「街の人を救助しようとしたんだよね。皆感謝していたよ」

ジェニに乗った私は、二十人以上の怪我人を救出した。

のちにこの日の出来事を感謝した人々によって、ワイバーンに乗った勇ましい領主夫人の像が広場に建てられ恥ずかしい思いをするのだけれど……それはまた別の話だ。

「ナゼル様、心配をかけてごめんなさい」

謝ると彼は困ったように眉尻を下げ、再び私の頭を撫でた。

「避難所を片付けたあと、少し付き合って」

「……ん？　わかりました」

ナゼル様は私の額にキスを落とし、優雅に歩いて部屋を出て行く。支度を終えた私は、急いでナゼル様やコニーと合流した。

広間に近い客室の中、コニーと向かい合って椅子に座るナゼル様は、彼が捕まえた魔獣の話を聞いた。

「重要なことを黙っていて申し訳ありません、ナゼルバート様。罰するなら、どうか俺だけに。ヘンリーさんは無関係なんです、俺があの人に頼んだせいで」

コニーは、いつもの彼からは予想できないくらい縮こまっている。鷹揚《おうよう》に頷いたナゼル様は、少し考えてからコニーに言った。

「魔獣に関しては安全と言えないから、しばらく檻から出せないよ。庭で様子を見ながら判断しよう」

「は、はい」

「とはいえ、君が魔獣に会いに来るのは自由だ。それから、前領主の死亡に関してだけれど」

コニーはゴクリと息を呑む。私も黙って二人の様子を見守った。

「俺もそちらに関しては事故で処理していいと思う。事件となると大がかりな捜査が必要だし、君や君の家族が無事では済まない。今、ヘンリーに抜けられると大変というのもある」

ナゼル様は小さく息を吐いた。

「そもそも、魔獣の一件は領主の怠慢が招いたことだ。このような処分は、王都では褒められたことではないけれど、ここは辺境だからね。幸い目撃者もいないし、大ごとにする必要はないだろう」

コニーはハッと顔を上げてナゼル様を見る。

「ナゼルバート様！　ありがとうございます！」

泣きそうな顔の彼は、その場で深々と頭を下げた。

というわけで、馬に似た魔獣はしばらく領主の屋敷の庭で飼うことになった。グラニという種類の魔物には未《いま》だ名前がないという。

「ナゼル様、名付けてあげますか？」

「そうだね、アニエス。コニーにお願いしようか」

「お、俺？」

戸惑うコニーだけれど、まんざらでもないみたいだ。

「じゃあ、ダンクにします」

スラスラと出てきたところを見るに、もともと候補があったのだろう。

「ねえ、コニー。ダンクは雄なの、雌なの？」

「雌です」

「そっかぁ、女の子……勇ましい響きね！」

新月の夜は過ぎたし、あとで会いに行ってみよう。

話を終えると同時に、事態を知ったヘンリーも屋敷に駆け込んできたけれど、彼も今後の処遇を聞きホッと息をついた。

「申し訳ございません、ナゼルバート様」

「いいよ、俺でも同じ判断を下した。それより、街全体の被害状況はわかったかな」

「まだ、全ては把握できておりませんが、このエリアが一番酷《ひど》いでしょう。家を焼け出された人々には補償を……」

「もちろんだよ」

私は二人の会話で悟った。ナゼル様とヘンリーさんは、絶対に少ししか眠っていない！　いや、もしかすると、昨日から全く眠れていないかもしれない。

（非常事態とはいえ、仮眠を取るべきでは……？）

しかし、話を終えるとナゼル様は私の方を向いて言った。

「アニエス、約束通り避難所を片付けたら時間を」

「あ、はい。ですが、私が避難所の対応をしている間、ナゼル様とヘンリーさんは少しでも眠ってください」

「「えっ？」」

二人が同時に意外そうな声を上げるが、今寝なくていつ寝るというのか。

「ちょうど隣の部屋にソファーがありますから、ヘンリーさんも横になって。ナゼル様はお部屋に戻る！」

「アニエス？」

「問答無用！　連絡は私が聞いておきますから」

ヘンリーさんを隣の部屋に閉じ込め、ナゼル様を強制的に寝室へ追い払う。

腕まくりをした私は、いそいそと避難所へ向かった。避難してきた人々を見送り、怪我人を病院へ搬送する。

家をなくした少数の領民には砦に部屋を用意し、「花モグラ亭」の夫婦は砦で食堂を開くことになった。もともと忙しくてお昼を食べられない役人のために食堂設置の計画があり、料理人を探していたのだそう。

避難所の仕事が一段落した私は仮眠を取ったヘンリーさんを釈放し、ナゼル様のいる寝室に向かった。ノックしても返事がないので、そっと扉を開けてみる。

「ナゼル様～？」

整った上品な部屋の中を、名前を呼びながら進んでいくと、ナゼル様はベッドの上でうつ伏せで眠っていた。ぎりぎり目的地へ辿り着いたものの、そのまま気を失ってしまったかのような姿だ。

「お疲れなのね。このまま、寝かせておいてあげたいわ」

ベッドに近づき、そっと毛布を掴んでかけてあげようとすると、すっとナゼル様の手が伸びて私をベッドへ引きずり込んだ。

「ナゼル様っ？　まさか、起きていたの？」

クスクスと笑う声がする。

「今、目覚めたところだよ。アニエスの可愛い声が聞こえて」

「ちゃんと寝ましたね？　起きていたらベッドに縛り付けます」

「大丈夫だよ、眠ったから……縛られるのは困るな」

私は横になったままナゼル様を見つめた。顔色は悪くないし、部屋の中で仕事をした形跡もない。

よし！

「あの、ナゼル様、約束の件ですが」

「アニエスに話しておきたいことがあったんだ。君の魔法のことで」

「私の『物質強化』ですか？」

「その魔法だけど、ただの物質強化ではないんじゃないかと思って。アニエスの魔法はいつ判明したの？」

「まだ小さなときに、鑑定の魔法を持つ人のいる地元の教会へ連れて行かれたんです」

鑑定の魔法は、他人の職業や魔法の種類、魔力量がわかるという特殊な魔法の一つだ。精度や鑑定できる項目の多さは人による。

「鑑定の魔法持ちは能力の高低にかかわらず、見つかり次第、鑑定係として教会勤めになり、各領地に最低一人は配置される。魔法の資質を見極める力は大事だからね」

気の毒だけれど、それだけ重要な仕事なのだ。

（魔法の悪用を防ぐためでもあるのよね）

代わりに就職先以外の自由と平均以上の生活は保障されているという。

通常、貴族は王都で魔法の資質を見てもらうことが多い。王都の方が能力の高い鑑定係が置かれるからだ。でも、エバンテール家はわざわざ王都にまで出向かない。なんと言っても、エバンテール家なので！

「地元の教会にいたのは、すごいおじいちゃんの鑑定係で、フワッとした鑑定結果でしたけれど。『なんらかの……ものを強化する魔法を持っていらっしゃるでしょう』と告げられたそうです。小さかったので私自身は覚えていないですが、母がそう言っていました」

「フワッとした鑑定の上に、それを人づてに聞いたんだ？」

「エバンテール家は魔法に興味がないんですよね。魔法の鑑定も『とんでもない力で問題を起こしたら困るから受けた』という感じで」

「うん、なんとなく想像できるかな」

ナゼル様は、一度うちの元家族とやり合っているので、エバンテール家の考えをわかってもらえる。とても楽だ。

「というわけで、私の魔法は『物質強化』なんです」

「思うんだけど、アニエスの魔法は人間にも効くよね？　俺、昨夜魔獣から攻撃されたけれど、なんともなかったんだよ。それって、アニエスの『おまじない』のおかげじゃないかな」

「そういえば、コニーを庇って魔獣に踏まれていましたよね？」

魔獣に踏みつけられて、前領主は亡くなった。同じ攻撃を受けたのにナゼル様は元気だ。

「衝撃は感じたけど、体はなんともなかった。君の魔法は未知数で、貴重かつ希少なものだと思う。植物も育っちゃうし」

「鑑定し直した方がいいですか？」

「いや、必要ない。もちろんアニエスがしたいなら無理には止めないけど、信用できる鑑定師じゃないとだめだよ。知れ渡ると、それはそれで厄介だから。アニエスの能力は皆が欲しがるよ。壁の強化、作物の強化、兵士の強化。今の王宮の体制だと辺境から王都に戻され、毎日のように国の所有物として魔法を行使させられる未来しか見えない」

「そんなの嫌ですー！」

今の楽しい生活を捨てるのも、ナゼル様と離れればなれになるのも断固拒否！

「うん、だから今まで通り『ちょっと変わった物質強化』でいいんじゃない？」

「そうします」

「ところで、人間にかけた『物質強化』は、いつ解けるんだろう？」

「うーん…、私が魔法を解くまで？　私の魔法はナゼル様と違って、ゼロから物質を生み出すものではないので、かけっぱなしでも魔力消費の問題がないんです」

ナゼル様の場合、存在しない植物を出現させれば、その間じゅう魔力が消費され続ける。植物の改良で力を付与する場合、魔力消費はそのときだけ。

私の魔法は後者と同じだ。

「すごいな、無敵じゃないか。これからは、人間相手の魔法は慎重にね」

「わかりました。辺境から離されるのは嫌ですからね」

ひたすら魔法を使わされる生活なんてごめんだ。

「ちなみに、アニエスの魔力量はどのくらいなの？」

「計っていないです。魔法の種類が『物質強化』なので、魔力はあってもなくても関係ないだろうと両親が……」

「エバンテール家め。アニエス、魔力量はきちんと調べよう。なんとか上手《うま》いこと鑑定係を手配するから」

私はこくこくと頷いた。ナゼル様に任せておけば、たぶん大丈夫という安心感がある。

「さて、そろそろ街の被害状況の報告が入る頃では？」

「……そうだね」

ナゼル様は少し残念そうに起き上がる。

「行こう、アニエス」

「はいっ！　壊れた場所の修復作業をお手伝いしますよ」

話を終えた私たちはこれからに向け、二人揃って屋敷を出発したのだった。

辺境ストレナの中心街――その一角で私は復興作業を手伝っていた。

あの新月の日から数日が経過したけれど、思ったよりも被害は少なく、屋敷周辺の住宅街以外は魔獣の影響を受けていない。

以前の被害はこんなものの比ではなかったと皆が言うので、ナゼル様の魔獣対策が功を奏したのだろう。彼とヘンリーさんが指示を出し、部下の人たちが慌ただしく動く。

トッレも巨大化して瓦礫《がれき》運びを引き受けていた。辺境の人々からは、とてもありがたがられている。彼が一人いれば、作業時間が大幅に短縮できるのだから当然だろう。

私は建物や道の強化を中心に、ナゼル様の近くでこつこつ仕事をする。

作業をしながら、ふと疑問に思ったことをナゼル様に聞いてみた。

「ストレナって他の領地と比べて魔獣被害が突出して多いですよね。森に面しているのはここの領地ばかりではないのに……他領は何か特別な対策をしているのでしょうか？」

ナゼル様は琥珀色の目を優しげに細めて私を見つめる。大好きなナゼル様の姿を目にすると、今日もやっぱりドキドキが止まらなくなった。

私の素朴な質問にも彼は親切に答えてくれる。

「資料で調べたけれど、情報が載っていなかった。だから、森に面した地域と隣り合う領地の調査をしようと思うんだ。長期間、役人が現場に向かったことがないらしく、ヘンリーも調べる方向で動いたけれど、現地に住む貴族がこちらの介入を面倒がって妨害してくるみたい。中心街から近くはないし、滞在する場所の手配とか……現地の者には実際面倒をかけるのだけれど」

問題の貴族は前スートレナ領主の親戚に当たり、未だ領地の一部を管理しているという。

忙しくて今まで手が回らなかったが、現地の管理具合如何《いかん》によって、ナゼル様は領地没収も視野に入れているのだとか。

「なんと。では、今回はナゼル様の権限で強引に視察に向かうのですね？」

「そういうこと。問題を放っておくわけにもいかないし」

ナゼル様は追放されたけれど、高位貴族の出なのである程度強行できてしまう。

「あの、私も現場へ行きたいです。魔法でお手伝いできますから」

「アニエスも？　たしかに、君の魔法にはいつも助けられているけれど」

じっとナゼル様の目を見ると、徐々に彼の顔が赤く染まり始めた。

（もしかしてナゼル様、照れてる？）

嬉しいような、自分まで恥ずかしくなってしまうような、なんともこそばゆい気持ちになる。

「わかった、ヘンリーに相談してみよう。その代わり、俺やトッレの近くを離れてはいけないよ？」

「もちろんですよ。私は危険なことはしません」

「……新月の夜に勝手に外へ出ていたよね」

「うっ」

「ものすごく心配したけれど、怪我人を助けるため仕方なかったことはわかっているよ」

ナゼル様はそっと私の頬にキスを落とす。

「でも、無茶はやめてね？」

「あの、ナゼル様、人が見ています」

ここには、復興作業で働くたくさんの人がいるのだ。

そんな中でイチャイチャするなんて……と思ったのだけれど、皆さんは微笑ましそうに私とナゼル様を眺めている。

「いやあ、お若いですなあ。夫婦仲がよいのはいいことですねえ」

「お二人とも、ずっとスートレナで暮らしてくださいね」

私とナゼル様の触れ合いが公認になってしまった。すごく恥ずかしいけれど、ナゼル様は嬉しそうだ。

ということで、復興が一段落したタイミングで辺境の森に近い場所へ、状況を探りに行くことに決まった。

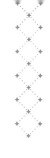

4 芋くさ夫人、芋を投げまくる

王都の閑静な住宅街にある大きな屋敷の、手入れの行き届いた部屋でロビンは流行のスイーツ、ヴィオラベリーパイを食べながら不機嫌な笑みを浮かべていた。

彼の前では部下の男が床に膝をついている。

「……で、辺境のナゼルバートは周囲に受け入れられ、上手《うま》くやっている……と？」

「はい、ロビン様。食糧問題や魔獣問題を次々と解決し、領民からも慕われ始めているようです」

ロビンは手に持ったスイーツをぐしゃりと握りつぶす。

「これだから、できる野郎は嫌なんだよね～。超嫌みじゃ～ん！　まあ、醜い芋くさ令嬢との夫婦生活は可哀想《かわいそう》だけどぉ～」

「その件なのですが、実は芋くさ令嬢が美人だったという噂《うわさ》がありまして。貴族たちの間で話が広まっているのです」

「あははっ、まーさかー。眉唾だってば～？　芋くさだよ～？　皆、面白がって噂を広めてるだけっしょ。君、もう帰っていいよ～」

ロビンは芋くさ令嬢の噂話を切り捨て、部下を部屋から追い出した。

「面白くないな、ナゼルバートが辺境になじんでいるなんて。しかも、領主としての評判がよいと？　せっかく、せっかく追放したのに！　なんで潰れないんだよ！」

なんでも持っている男だった。地位、容姿、才能、次期女王の夫としての王配の座。何もなかった自分とは大違い。だから嫌いだし憎い。

ロビンは貧しい生まれだ。母は娼婦《しょうふ》で父は客の一人。ロビンは花街で育ち、自らの容姿を武器に女社会で生きてきた。自分はこんなところで終わる人間ではないと信じながら。

いつか成り上がってやるという野心だけは人一倍大きかった。

母が亡くなり、同時に父が男爵だと判明した。店に訪れた男爵が母の常連だったと耳にしたのと、彼の顔が自分そっくりだったことが決め手だった。

男爵の家に乗り込み、花街で握った弱みを使って脅し、自分には使い道があると売り込んで養子になった。実際、自分は役に立てるという自信を持っていた。

ロビンの魔法の種類は珍しいもので、しかも二つあったからだ。

通常、持っている魔法は一人一つだけ。ただ、ごく希《まれ》にロビンのように二つの種類の魔法を所持する人間が現れる。生まれ故に鑑定を受けていないロビンは見逃されたが、そういった人物はいずれも国から特別扱いされていた。

令嬢の間を渡り歩き、最終的に辿《たど》り着いたのはこの国の王女殿下。玉《たま》の輿《こし》に乗れる相手の中では一番身分が高いが、彼女にはすでに許嫁《いいなずけ》がいた。何もかも完璧な貴公子、ナゼルバート・フロレスクルスが。

ロビンは最初からナゼルバートが気に入らなかった。なんでもできて人間味が薄く、お綺麗《きれい》で慈悲深い。容姿だけしか取り柄のない自分とは根本的に違う人種だとわかった。

不正を許さず、素行の悪い者を注意し、淡々と国から与えられた役目をこなして、歯車のように働いている。

しかし、ナゼルバートは他人に劣等感を抱かせ、不正に手を染めてでも利権を守ることに必死な貴族の恨みを買う天才だった。その部分が彼の唯一の欠点だろう。

世の中、綺麗な人間ばかりではない。だから、ロビンも動きやすかった。

完璧な婚約者を前に自分の存在価値に疑問を持ち、劣等感に苛《さいな》まれていたミーア王女に言い寄る。

プライドが高い王女は、なんでも自分の先を行くナゼルバートが気に食わず、ナゼルバートも面倒な王女の相手をすることを避けていた。もともと、二人は折り合いが悪かったのだ。ロビンはたやすく王女に近づき、甘い言葉で彼女を慰めた。

花街で育ったので、ロビンは女性の扱いには慣れている。魔法と併用すれば、八割以上の女性がロビンに夢中になった。世間知らずの王女を口説くことなど容易だ。性格に難があろうと、彼女もまた綺麗な世界で生きてきた人間に過ぎない。

ロビンは王女を妊娠させ、ナゼルバートの罪をでっち上げ、婚約パーティーのどさくさにまぎれて騒ぎを起こした。王家は醜聞を抑えるため、ロビンを立派な肩書きつきで王女の夫にし、ナゼルバートを辺境へ追い出す。

本当に見栄《みえ》っ張《ぱ》りで馬鹿な奴《やつ》らだとロビンは心の中で彼らを嘲笑した。おかげで自分の思い通りに物事が進む。男爵の父も息子の出世にご満悦だった。

「さて、ナゼルバートが辺境でも優秀っていう噂が流れるのは困るんだよね。絶対に俺ちゃんと比較されるし、今も王都に戻して欲しいという声があるし」

ナゼルバートが婚約者に復帰することになったら困るのは現婚約者のロビンだ。

（ヤバい邪魔者には退場してもらわないと）

仕事や勉強が嫌いなロビンは、自分が努力するより相手を蹴落とす方を選ぶ。それは、いつものことだった。

鼻歌を歌いつつ男爵家の屋敷から王宮の図書室へ向かい、目的の人物を探す。

「あ、いたいた〜！　やっほー、リリアンヌ！」

司書が「図書室ではお静かに」と注意するのを無視し、ロビンは読書中のリリアンヌを呼ぶ。意中の相手を見つけたリリアンヌは、わかりやすく頰を染めた。単純で可愛《かわい》い。

王宮にはロビンの望みを叶《かな》えてくれる令嬢がたくさんいて、彼女もそのうちの一人。

婚約者が朴念仁だったのが幸いし、あっけなくロビンの手に落ちた。親身になって悩み事を聞いてあげたら、すぐに心を開いてくれたのだ。

貴族令嬢という生き物は、人に言えない悩みを自分の中にため込む習性があるらしい。だからこそ、つけ入る隙ができる。

そこから交流を深めておけば、ロビンが困ったときに利用することだってできるかもしれないからだ。

「リリアンヌ〜、愛してるよ〜！　最近、悩み事はないかな？」

ガミガミ注意し続けるうるさい司書を追い出し、ロビンはどこか愁いを帯びた表情を浮かべる令嬢の手を取った。

※

伯爵令嬢リリアンヌ・ルミュールは崖っぷちにいた。自分の味方なんてどこにもおらず、今はロビンだけが信用できる。

ルミュール家は由緒正しき血を持つ正当な貴族の家だ。父は騎士団の副団長、母は社交界有数の淑女と言われている。代々息子は騎士団への所属が義務づけられ、娘は政略の道具という扱い。

政略の道具には、完璧な教養と振る舞いが要求される。もちろん、感情を表に出すなどもってのほか。リリアンヌも日々、家でも外でも自分の本心を押し隠し生活してきた。

男ではなく女として生まれたせいで、周囲からの当たりもきつかった。

女性で家を継げるのは母親が絶対的な権力を持つミーア王女くらいのもの。普通の家ではそうはいかない。だが、ルミュール家には男子がいないのだ。

現在、父が勝手に見つけてきたリリアンヌの婚約者が、将来ルミュール家を継ぐことが決まっている。

トッレ・トルベルト——騎士団所属のいかにも脳筋的な考えの男で、趣味と特技は筋トレだという。……話が合いそうになかった。

リリアンヌは本来活発な性格で、幼い頃は木に登ったり庭で釣りをしたりと自由に遊んでいた。

しかし、成長して家庭教師が勉強やマナーを教えるようになってから、それらは全て禁止され、少しでも彼らの言う「理想の令嬢」から外れた行動を取ろうものなら、鞭《むち》で手首を何度も叩《たた》かれた。

次第にリリアンヌからは笑顔や口数が減り、自分から進んで行動しなくなり——彼女の母のように「社交界有数の淑女」と呼ばれるようになっていった。

嬉《うれ》しくもなんともないが、婚約者のトッレは「すごい」と勝手に盛り上がっている。彼はリリアンヌの内面など見ようともしないのだ。

「何がすごいの？　くだらないわ」

家の中にも外にも居場所を作れず、誰にも本心を打ち明けられず、苦しくて苦しくて……いつも図書館の隅で隠れて涙を流していた。家だとメイドが両親に言いつけるからだ。

図書館なら訪れる人は少ないし、位置によっては誰にも会わずに済む。

そんなとき、リリアンヌはロビンと出会ったのだった。

「あれあれぇ～、どうしたの～？　なんで泣いているの、せっかくの美人さんが台無しだよ～？」

声をかけてきたのは、見覚えのない貴族の青年。彼はとても美しい容姿だった。

王宮では珍しい小麦色の肌に彫りが深くて甘い顔立ち、色気を孕《はら》んだ艶《あで》やかで垂れ目がちな目。

つい見とれてしまったリリアンヌは、ハッと我に返って自分の態度を取り繕う。

「なんでもありませんわ」

いつものように貴族令嬢の仮面を着け、素っ気なく相手を突き放す。

しかし、ロビンは引き下がらなかった。

「なんでもない表情じゃないし～、俺ちゃんに聞かせてよ～。下っ端貴族で影響力皆無だから、話しやすいと思うんだけど～？」

魔が差したのかもしれないし、苦しさが限界を超えてしまったのかもしれない。リリアンヌは自分のことを洗いざらいロビンに告げた。

ロビンは親身になってリリアンヌの言葉に耳を傾けた。

自分に対して、そういう風に接してくれた相手は彼が初めてだったこともあり、リリアンヌは警戒を解く。屋敷では誰も「政略の道具」の心など気にかけないのだ。

「大丈夫だよ、俺ちゃんは君の味方だからさー」

「あの、あなたのお名前は？」

「ロビンだよー。レヴビシオン男爵家の息子なんだー。君の名前は？」

「リリアンヌ・ルミュールですわ」

「ああ、伯爵家の……」

ロビンはリリアンヌに身を寄せた。

男性との思わぬ距離の近さに、リリアンヌは慌てる。しかし、ロビンはお構いなしだ。

「伯爵令嬢だと、大変だよねー。そろそろ結婚とか言われる頃じゃないのー？」

「ええ、まあ」

「俺ちゃんが、リリアンヌを楽にしてあげる」

微笑《ほほえ》むロビンは、そっとリリアンヌの手を握った。

彼が触れた部分から淡い光が漏れ出て、自分の中にあった鬱屈した気持ちがスウッと消えていくような心地になる。

「これは？」

「俺ちゃんだけの特別な魔法。苦しむ人を助けるための力だよ」

心の中に溜《た》まっていた悲しみが薄れ、苦しみが浄化される。

「ロビン様……」

「呼び捨てでいいよ。俺ちゃん、下っ端貴族だから」

「わかりました。ロビン、ありがとう。あなたのおかげで、少しだけ気持ちが楽になった気がします」

それから、リリアンヌは図書室でロビンと過ごすことが増えた。

――そうして、彼に溺れていった。

ロビンと一緒にいると楽だから、彼だけが本当の自分を見つけてくれたから。

そして今、リリアンヌはロビンとの逢瀬《おうせ》を実家に知られ、家を追い出された。誰かが家族に密告したのだろう。王女殿下か、はたまたロビンに懸想する他の令嬢か……報告を聞いた家族はリリアンヌに対して無慈悲だった。

「みっともない娘だ、儂《わし》に恥をかかせおって！　お前のせいで何もかも台無しだ！」

「婚約者がいながら他の男性と密会していたのですって？　ずいぶん親しげだったようですわね。

母親の顔に泥を塗るなんて、教育が温《ぬる》かったのかしら？」

「こんな娘は不要だ！　次女のルルアンネに婿を取らせて伯爵家は継がせる！　出て行け！　今すぐにだ！」

小さなバッグ一つとはした金を握らされ、リリアンヌはわけもわからぬまま街へ放り出される。

外は雨が降っており、雨宿りするのに適した場所もない。

第一、自分の今の格好を見られるのは屈辱的だった。見るからにいいところの娘が伴《とも》も付けずに雨の中に突っ立っているなんて、明らかに訳ありだと思われる。

そして、リリアンヌが向かった先は……やはり王宮の図書室だった。

リリアンヌが勘当されたことを知らない王宮の者たちは、ずぶ濡《ぬ》れな姿をいぶかしげに眺めながらも、いつも通り彼女を図書室へ通す。

「ロビン、ロビン、ロビン。私を助けて！」

自分の味方はロビンだけ。リリアンヌは図書室に現れた彼の手に縋《すが》った。

ロビンはリリアンヌの悩みを親身になって聞き、心の底から同情した表情を浮かべて言った。

「大丈夫、大丈夫だよ、リリアンヌ。俺ちゃんが助けてあげるからね」

彼に触れられると、またすっと心が軽くなった。

ロビンの魔法は人々を苦しみから救う聖なる力だ。

「でも、その前に一つ頼まれてくれないかなぁ。君にしかお願いできないことなんだよ～」

「なんでもやります。私に、できることなら」

あとのないリリアンヌは、迷うことなくそう答えた。

※

新月の日からしばらく経《た》った頃、私とナゼル様は新たな仕事に着手していた。

ヘンリーさんとトッレとケリー、数名の役人や兵士の皆さんで一緒に騎獣に乗ってスートレナの外れに向かう。天候は晴れで、気持ちのいい風が屋敷の庭を吹き抜けた。

「問題のない道中になりそうだね」

「はい、雨天飛行は視界が悪いですからね」

私とナゼル様はワイバーンのジェニに乗り、残りのメンバーは天馬に乗る。

今回の行き先はスートレナの北東に位置する集落、カッテーナの町だった。町の東側には森があり、北側にはザザメ領とヒヒメ領という二つの領地が並ぶ。

カッテーナはちょうど森とザザメ領の隣に位置し、間の小さな林が領地の境界線になっていた。

ちなみに、本日ワイバーンを操縦しているのは私。久しぶりの遠出でジェニも喜んでおり、先ほどからご機嫌回転飛行が止まらない。

「わあ、すみません。ナゼル様……ジェニが興奮しちゃって」

「ふふ、いいよ、俺は楽しいから。こうしてアニエスにくっついていられるし」

ナゼル様はムギュっと私を抱きしめる腕に力を込めた。

回転飛行中は通常飛行時よりもさらに密着状態なので、たしかにナゼル様はとても楽しそうだった。

「ひゃあ！」

ジェニの回転に付き合いながら、なんとかカッテーナの町へ辿り着く。

初めての町を前に私は興味津々で周囲を見回した。

石を積んだだけの素朴な建物が点在し、舗装されていない道は半分以上が雑草に覆われている。

スートレナの中でもかなり寂れた場所のようで、古びた町中では壊れた柵や家がたくさん見受けられた。ほとんどの窓はぴったり閉じられ人の気配すらない。赤く錆《さ》びついた扉の蝶番《ちょうつがい》も、ほんの僅かな衝撃で壊れてしまいそうだ。

空から見たとき、町の外には魔獣に踏み荒らされた、もとは畑らしき空き地が点在していた。

通りを歩きつつ、ナゼル様は「これは酷《ひど》い」と、眉を顰《ひそ》める。すでに人々は生活の術《すべ》を失い、生きていくのが困難な状況に陥っているのは想像に難くない。

「魔獣の爪痕が至るところにあるね。まるで頻繁に襲われているみたいだ」

「事実、そうではないでしょうか。ナゼル様の様子を見るに、報告は上がっていなさそうですけど……畑がこんな状態で税収は確保できているのでしょうか？」

不審な点を察知して現地調査に来たナゼル様はさすがだと思う。

話していると、後ろから声がかかった。

「以前は途中で調査を妨害され断念しましたが、畑が放置されるためか食料不足も起こっているようです。もともと農地には向かない土地ですが、僅かな食料を得るのも困難とあって再調査が必要と判断しました」

天馬から降り、ふらふらと倒れそうなヘンリーさんだ。

騎獣に酔ったらしく、口元を押さえて道の端へと走って行く。大丈夫だろうか。

「きな臭い話だね」

「ヘンリーさんの調査を邪魔する方たちは、後ろめたい事情でもあるのでしょうか」

ナゼル様やヘンリーさんの部下たちが町の住人を探し出し、話を聞いて回る。

「疲れたでしょ？　報告を待っている間、アニエスは俺と休憩しよう」

「あ、はい」

近くに宿を取れたので、ヘンリーさんとケリーとトッレを連れて向かうことにした。

むき出しの土に覆われた道は悪く、町中の移動は一苦労だ。ナゼル様に手を引かれて歩く私は、周りを見てあることに気がついた。

（中心部に近づくにつれ、どんどん町の様子が荒《すさ》んできたような？」

ちらほら見かけるようになった人々の表情が暗く不穏だ。

そんなことを考えていたら、通りの向こうで突如もめ事が起こった。甲高い叫び声と怒鳴り声が聞こえる。

（言い争いかしら？）

続いて、静かな町に似つかわしくない大声とバタバタと走る足音が響き、私たちは一斉に顔を見合わせる。

「物盗《ものと》りだ！　捕まえてくれ！」

誰かが叫ぶと同時に、もめ事が起こった方向からガラの悪い集団が私たちの方へ突っ込んできた。

大きな男性十人ほどを前に、護衛のトッレが戦闘態勢に入る。

「おっ、ついているな、よそ者じゃねえか！　金目のものと食料を寄越《よこ》せ！」

「女も置いていけ！」

暴力的な空気を漂わせながら、ガラの悪い者たちが口々に叫んだ。

「冗談じゃない。アニエスをそういう目で見たことを後悔してもらうよ」

ナゼル様も腰に下げた剣をすらりと抜く。

同時に割れた地面からは、ギザギザ系の痛そうな植物の茎がこんにちはした。

「大丈夫だよ、アニエス。ケリーやヘンリーと一緒に後ろへ下がって」

「はい、ナゼル様！」

足を引っ張るのは本意ではないため、邪魔にならないよう三人で建物の陰に身を寄せる。

すると、襲いかかってきた男たちは、もののみごとに数秒で地面に倒れた。

ナゼル様の出したギザギザの植物が大暴れして相手をぶちのめし、ほぼ瞬殺した形だ。

「あらら、あっけないわ」

「そうですね、アニエス様。大きな態度の割には口ほどにもない」

ケリーが辛らつな言葉で同意してくれる。

連れてきた兵士たちが捕縛作業を始め、顔色一つ変えないケリーもそれを手伝った。

「はっはっは、雑魚め！　巨大化する必要もなかったな！　さすが、ナゼルバート様だ」

活躍したのはナゼル様だが、トッレもやたらと得意げだ。彼は物盗りたちが奪った荷物を回収し、盗られた人々に返却している。

人々が再び動き始めると、ナゼル様は迷わず私のもとへ走ってきた。

「アニエス、もう大丈夫だよ。怖かったね」

「いいえ、大丈夫です。すぐ倒されたのでそれほどでも」

過保護なナゼル様は信じていないようで、私をぎゅうぎゅう抱きしめる。同行した人の目もあるので少し恥ずかしいが、皆はまたしても「仲がよくて羨ましいですねえ」と微笑ましげに私たちを見ていた。

町の人々も落ち着いたようで、ぱらぱらと周りに集まり野次馬化している。しばらくして、その中から身ぎれいな若い女性が一人走り出てきた。

ふんわり揺れる模様入りのスカートに綺麗に整えられた髪、寂れた町に似つかわしくない真新しく綺麗な靴。彼女はその場に集まる人々とは違う、明らかに高そうな衣装を身に纏《まと》っていた。

「領主様ぁ！　盗人を捕まえていただき、ありがとうございますぅ！」

女性は馴《な》れ馴《な》れしい態度でナゼル様に近づき彼の手を取ろうとする。

しかし、私を抱きしめたままのナゼル様は両手が塞がっており、そのままの姿勢で「どうも」と告げただけだった。

女性は手を伸ばした状態のまま固まってしまう。「私を前にして信じられない！」と、その表情が物語っている。

（派手な服に派手な髪型、自信に溢《あふ》れた態度……この人、どこかで会った誰かに似ているような……？　ナゼル様を一目見ただけで領主だとわかったみたいだし）

女性はめげずにナゼル様に話しかけ続ける。ナゼル様は聞いているのかいないのか、頬を緩めて私を見つめ続けているけれど。

「領主様は町に宿を取られていると聞きましたぁ。それならぜひ、我が家へいらしてくださぁい！質素な宿と違って素晴らしいおもてなしができますわぁ！」

兵士や役人は女性のあまりの強引さに言葉を失っている。

しかし、ナゼル様が答える間もなく、道の向こうからでっぷりとした男性が小走りで現れ大声を出した。

「おお、領主様ではありませんか！　ようこそ我がキギョンヌ家の治める地へいらっしゃいました！　娘を助けていただき、ありがとうございます。ぜひ我が屋敷へお越しくださいませ！」

親子揃《そろ》ってずいぶん強引だ。いぶかしむナゼル様にヘンリーさんが近づき、小声で彼らについての情報を伝えた。

「ナゼルバート様、あの人たちが例の妨害貴族ですよ。我々を屋敷に招くなんて、どういう風の吹き回しなのでしょう？　怪しさむんむんですね」

ナゼル様はヘンリーさんを見て小さく頷《うなず》く。

「たしか、彼らには不正疑惑もあったよね」

「妙に金回りがいいのですよ。この様子ではまともに税収を得ていないでしょうし、大きな商売をして稼いでいるわけでもない。しかも調査に非協力的。どこかから、なんらかの金が入金されていると思われますが、それも証拠が掴《つか》めないのです。彼らキギョンヌ男爵家は、なにかと黒い噂が多いのですが狡猾《こうかつ》で」

少し考えるそぶりを見せたあと、ナゼル様は小声で告げた。

「潜入捜査をしてみる？　俺としてもアニエスには治安の悪い町の宿よりも、綺麗な屋敷で過ごしてもらいたい」

「たしかに、町は不衛生で魔獣被害が出る恐れもありますからね」

男性二人が小声で会話していると、ケリーも間に割り込んできた。

「お気をつけください、ナゼルバート様。彼らは限りなく『黒』です。特にあの男性の感情が不穏で……よからぬ気配がいたします」

ケリーの魔法は、相手の感情が大まかにわかるというもの。黒というのは、多少なりともこちらに悪意を持っているということだろう。

「忠告ありがとうケリー。君の魔法は頼りになるよ」

ナゼル様は私がいるから慎重に動くだろうけれど、領民のためにも早く怪しい貴族を調べてもらいたい。だから、私は彼に伝えた。

「私なら大丈夫です、ナゼル様。自分や皆さんに魔法をかけられますし、足手まといにはなりません。乗り込みましょう」

「でも、アニエス」

「街の様子は酷いです。一日でも早く手を打ち、人々を救済しなければなりません。私は大丈夫ですから」

しかし、ナゼル様はまだ悩んでいるし、ケリーも貴族の屋敷へ私が行くのは反対みたいだ。二人揃って過保護である。

ただ、そこに新たな声がかかった。

「おやおや！　こんな場所で会うなんて奇遇ですね、領主夫人！」

「えっ？」

振り向くと、大荷物を持った金髪の男性が私を見て親しげに手を挙げている。

「あなたは……！」

道の脇に荷車を置いて立つ彼は、領主の屋敷にあった不要品を買い取ってくれたベルという名の商人だった。

私やケリーは面識があるが、ナゼル様たちは初対面。

「ナゼル様、こちらは屋敷のヘンテコな像などを買い取ってくれた商人の方です」

紹介すると、ナゼル様は怪訝《けげん》な表情を浮かべた。

「商人？　彼が？」

「そうですけど、どうかしましたか？」

ベルはと言えば、いつものうさんくさい笑みを貼り付けつつ、困ったように肩をすくめた。

ナゼル様の疑わしげな視線を受けても、飄々《ひょうひょう》とした態度だ。

「私はれっきとした商人ですよ」

彼を見たトッレも、なぜかそわそわ落ち着かない様子を見せている。

（どうしたの？　トイレかしら？）

戸惑う男性陣に構わず、ベルは笑顔で歩み寄ってくる。

「いやあ領主夫人、こんな場所で再びお目にかかれるとは奇遇ですね。もし男爵の屋敷へ行かれるのでしたら、私もご一緒しても？」

ぐいぐいとベルが押し入ってきたせいか空気が変わる。

彼を見たナゼル様は何か思うところがあったようだ。その後、ヘンリーさんや部下の人たちと協議し……結果、男爵家へ向かうことが決まった。

トッレは盗人軍団を牢屋《ろうや》へ連れて行く手伝いをしているので、終わり次第合流する予定である。

男爵家の屋敷にはなぜか、男爵一家以外に近くに住む貴族が数組集まっていた。豪奢《ごうしゃ》な屋敷の中が、まるでパーティー会場みたいに飾り付けられている。

（いつ、準備をしたのかしら？　さっき出会ったばかりなのに、これだけ揃えているなんて早すぎでは……？）

今回の調査はキギョンヌ家側に知らされておらず、抜き打ちの形だったのだ。

「あら？　あそこに飾られているギラギラした置物、うちの屋敷にあったような？」

ベルが不要品を売った先は、この家だったらしい。ちょっと複雑な気持ちになりながら、男爵に案内されるままナゼル様と歩く。

ヘンリーさんとケリーは別行動。彼らは部屋で休むと言いつつ、抜け出して屋敷で不正の証拠集めをしていた。ベルも彼らについて行ったみたいだけれど、市場調査でもするつもりなのだろうか。

とにかく、私は領主夫人としてこの場を乗りきらなければならない。

格好いいナゼル様が屋敷内に現れて、集まった女性たちが一斉に色めき立つ。その中には、先ほど助けた令嬢もいた。どこかで見たと思ったら、以前面接に来たレベッカの姉だったようだ。

（そういえばキギョンヌって名前だったものね）

当のレベッカはナゼル様に脅《おび》えて隅っこで小さくなっており、私たちに絡む気配はない。

姉のほうはナゼル様にしつこく話しかけているし、他にも数人の女性が彼を囲むように取り巻いていた。

（ちょっと？　ナゼル様は、私の夫なんですけどー！）

近づこうとしたら、令嬢たちのお尻にドンとはじき飛ばされてしまった。

（どうしましょう、引き離されてしまったわ）

焦ったものの、今度はそんな私の肩を摑む人たちが現れる。

「こんにちは、領主夫人。噂とは違ってお美しいですね。我々とお話ししませんか？」

振り返ると、ずらりと若い男性が並んでいた。

「だ、誰？」

今度は私が男性陣に囲まれ、ナゼル様との間に二重の壁ができてしまう。

（困ったわ、これじゃあナゼル様に合流できない）

ナゼル様もこちらへ来ようとしているが、令嬢を乱暴に押すわけにもいかず移動するのに苦労している。

そこへさらに、新たな令嬢が駆け込んできた。他の令嬢に比べて清楚《せいそ》で大人しめの格好だけれど、積極的にナゼル様に近づいていく。

「まあ、ナゼルバート様。常々お目にかかりたいと願っていましたの。私、私……」

ふるふると震えながら顔を俯《うつむ》ける令嬢に私は違和感を覚えた。様子がおかしい。

彼女は他の令嬢が驚くほどにナゼル様との距離を詰め、強引に彼の手を取る。

続いて、令嬢の青みがかった黒髪がぶわりと不自然に膨らんだ。かと思えば突如、鋭く突き刺すような太い棘《とげ》の形状に変化する。

「危ない、ナゼル様！　避《よ》けて！」

叫ぶ間もなく、令嬢の髪はナゼル様に向けられた。他の令嬢は悲鳴を上げてその場から一斉に逃げ出す。

「ごめんなさい、あなたに恨みはないの。でも、私にはもう、こうするしか……」

消え入りそうな声で告げた彼女は、鋭い髪を振り乱しながらナゼル様に迫った。しかし、髪はナ

OPテーマ
「The Sacred Torch」 歌：H-el-ical

原作小説&コミックス も好評発売中

TVアニメ最新情報コチラ

公式HP：faraway paladin.com
公式Twitter：@faraway_paladin

TVアニメ2021年10月9日(土)より
放送スタート!
最果てのパラディン
TOKYO MX 毎週土曜 22:00~
AT-X 毎週土曜 23:30~
BS日テレ 毎週土曜 24:00~
dアニメストア他にて配信予定
放送1週間前の10月2日(土)は
9月26日(日)開催イベントのダイジェスト特番!!
この他、詳細は公式HPをチェック!
©柳野かなた・オーバーラップ/最果てのパラディン製作委員会

オーバーラップ9月の新刊情報

発売日 2021年9月25日

オーバーラップ文庫

駅徒歩7分1DK。JD、JK付き。2
著：書店ゾンビ　イラスト：ユズハ

ブレイドスキル・オンライン3
～ゴミ職業で最弱武器でクソステータスの俺、いつのまにか『ラスボス』に成り上がります！～
著：馬路まんじ　イラスト：霜降(Laplacian)

TRPGプレイヤーが異世界で最強ビルドを目指す4下
～ヘンダーソン氏の福音を～
著：Schuld　イラスト：ランサネ

ワールド・ティーチャー
異世界式教育エージェント15
著：ネコ光一　イラスト：Nardack

オーバーラップノベルス

お気楽領主の楽しい領地防衛1
～生産系魔術で名もなき村を最強の城塞都市に～
著：赤池 宗　イラスト：転

経験値貯蓄でのんびり傷心旅行3
～勇者と恋人に追放された戦士の無自覚ざまぁ～
著：徳川レモン　イラスト：riritto

亡びの国の征服者4
～魔王は世界を征服するようです～
著：不手折家　イラスト：toi8

オーバーラップノベルス*f*

芋くさ令嬢ですが悪役令息を助けたら気に入られました2
著：桜あげは　イラスト：くろでこ

[最新情報はTwitter＆LINE公式アカウントをCHECK

@OVL_BUNKO　LINE オーバーラップで検索

2109

オーバーラップ文庫&ノベルス NEWS

2109 B/N

ゼル様の体をかすめるだけで一向に刺さる様子は見られない。

それもそのはず、彼の体は私が強化魔法をかけたままなのだ。今のナゼル様は魔獣が踏んづけても、びくともしないほど強靱《きょうじん》である。

「な、なっ、なんですの⁉　こんなの知らないわ！」

あり得ない事態を前に令嬢がにわかに焦り始める。

困り顔になったナゼル様は落ち着いた態度で、いつも通り普通に立っていた。

「どうして刺さらないのっ？」

混乱した令嬢はさらに髪をナゼル様にぶつける。

同時に異変を察知した兵士が集まってきた。その中には、盗人の引き渡しから戻ったトッレもいる。

「こちらのご令嬢を頼めるかな。酷く取り乱しているようだ」

ナゼル様の指示に頷いたトッレは、素早く駆け寄って件《くだん》の令嬢を見……なぜかピタリと足を止めた。そして……。

「リ、リリアーンヌッ！！！」

屋敷中に響き渡るような野太い声で、魔獣顔負けの雄叫《おたけ》びを上げたのだった。

（ええっ？　まさかの知り合い⁉）

予想外の事態に、私とナゼル様は目を丸くしてトッレを見る。リリアンヌと呼ばれた令嬢も、ハッと顔を上げて彼を確認した。

「あ、ああ……そんな。どうして、こんなことに」

ナゼル様を傷つけることに失敗した上に、トッレに思い切り名前を叫ばれてしまった彼女は、青ざめた表情になり脅えたように後退して逃げ出す。

「待ってくれ、リリアーンヌッ！　リリア――――ンヌッ!!」

逃げるリリアンヌを追う、ナゼル様とトッレたち。

けれどそれを阻止するように屋敷の兵士が動き出した。剣を振り上げた兵士は、あからさまに彼らを攻撃している。

「やっぱり、男爵の罠《わな》だったのね。ヘンリーさんやケリーたちを探して脱出しないと！　乱闘が繰り広げられるここに残っても邪魔になるだけだし」

彼らは男爵家の不正の証拠を集めている最中だ。私自身は強くないけれど、仲間の体を強化することならできる。

踵《きびす》を返し、さっさと廊下に出た。他の貴族は逃げてしまったようで、現在屋敷の中は人が少ない。

それでも、ナゼル様たちの方へ向かわなかった敵の兵士が数人、廊下をうろうろしていた。

「おい、客人たちは見つかったか？　早く始末しなければ！」

「いません、全員部屋から出ているようです！」

会話の内容から、彼らがヘンリーさんやケリーを探しているのだとわかった。

「急がなきゃ」

兵士に鉢合わせないよう順に部屋を見ていく。運のいいことに、私はさっそくダイニングを探索中だったケリーを発見した。彼女に駆け寄って、強化の魔法をかける。

「アニエス様、どうしました？」

「ケリー、ここにいては危ないわ。パーティー中に令嬢や兵士が襲ってきたの。一度屋敷の外に出ましょう」

話をしていると、ダイニングの扉が乱暴に開けられた。

「いたぞ！」

兵士がなだれ込んできたので、私はケリーの手を取り食堂の奥へ走る。使用人が使う小さな扉を抜けた先は、男爵家のキッチンだった。

目の前には食材の入った箱が無造作に詰まれている。

「食料不足と聞いていたけれど、あるところには大量にあるのね。でも不思議……」

置かれているのは日持ちのするジャガイモが多いが、この領地は作物が育ちにくい。芋類もその例に漏れないし、加えて今はほとんどの畑が放棄されている。

最近になってナゼル様が品種改良した作物が出回り始めたが、ここの食材はそうではないものが大半だ。

「アニエス様、キッチンから外へ出られる扉を見つけたのですが、外から鍵がかかっていて出られません」

ケリーはこんなときでも取り乱さず冷静だった。とても頼りになる侍女頭である。

「キッチンの先に部屋はないようね。逃げ場がないのなら作るしかないわ。でも、その前に……」

私は近くに置かれた大量の芋を全て魔法で強化した。

「ケリー、ひとまず、敵の兵士に向かってこれを投げましょう！　追いついてきたわ」

「わかりました。弟たちの世話をしていたので玉投げは得意なのです」

「心強いわ、エバンテール家に玩具類は一切なかったからコントロールに自信がなくて。ケリーの体も強化してあるし思い切り投げちゃって」

私たちは入り口に押し寄せた兵士をめがけて芋を投げつけた。まるで、鉄球が当たったような、「ゴッ……！」という、通常ではあり得ない音が鳴る。

強化された腕で投げる強化された芋は凶器だった。

「私の魔法って、こういう使い方もできるのね」

兵士たちは悲鳴を上げながら後退する。鎧《よろい》を着ていれば芋が効かなかったかもしれないが、屋内で非戦闘員を倒すだけの簡単なお仕事なので全員軽装だった。

どんどん芋を投げ、私とケリーは兵士が入り口を離れたタイミングでキッチンの扉を閉める。

机や棚や椅子などを積み上げ入り口を塞ぎ、鍵のかかった裏口の扉を開けようと試みた。

「鍵が開かないのであれば扉を壊しましょう。何かぶつけるものがあれば……」

「この椅子はどうですか？　アニエス様の魔法で強化すれば使えるかもしれません」

ケリーは近くにあった小ぶりな椅子を指さして私に尋ねる。

「いいわね。古い扉の付け根は脆《もろ》そうだし」

私はぱぱっと強化魔法をかけ、ケリーと一緒に椅子を持ち上げる。

「それでは、いくわよ！　せーのっ！」

二人で椅子の脚を握り同時に振り下ろすと、朽ちた蝶番は簡単に吹き飛んだ。

「やったー！　扉を破壊したわ！」

揃って無事に外へ出ると、空はもう薄暗くなり始めていた。濃紺色の闇が鄙《ひな》びた街全体を飲み込んでいく。

「早くヘンリーさんたちを探さないと」

「ああ、それなら……」

ケリーが何か言おうと口を開き、少し迷ったそぶりを見せる。

「どうかしたの？」

「いいえ、ヘンリー様は大丈夫だと思います。ベル様が一緒なので」

「どういうこと？」

「ベル様は商人ではありますが、剣や短剣が扱えます。それより、ここにいると敵の追っ手が来ますので、一旦離れましょう」

私とケリーは、屋敷から街の方へ移動する。

そして、街で待機していたナゼル様の部下たちと無事に合流を果たしたのだった。

※

リリアンヌは息を切らし、でこぼこな坂道を走り続けていた。

魔法を解いて無造作に広がった髪を振り乱し、万が一の事態が起こったときの集合場所へ。

「どうしましょう、失敗してしまった……あれほどロビンに頼まれたのに。なんで私は、こんなことさえできないの？」

キギョンヌ男爵家はロビンを支持する貴族の一員で、ロビンの実家レヴビシオン男爵家とは親しい仲だ。だから、辺境スートレナにありながら、領主であるナゼルバートに反抗的な態度を示していた。

（でも、彼の娘たちは今回の件を何も聞かされていないようだったわ。慌てふためいて逃げていったもの）

男爵に大事に甘やかされた、無知な彼女たちが羨ましい。

今回の事件に関わったリリアンヌは知っている。この町の秘密を――

カッテーナの町には、魔獣が他とは比べものにならないほど出没する。それには確固とした理由があった。原因はキギョンヌ男爵と、ザザメ領主のアポー伯爵の密約だ。仲介者はロビンの父であるレヴビシオン男爵。

二つの領地は魔獣の出る森に隣接しており、もともと被害は同等だった。

しかし、数年前にキギョンヌ男爵がアポー伯爵の依頼を受けてからは、スートレナ側の被害が一段と大きくなった。

アポー伯爵は金と引き換えに、キギョンヌ男爵に魔獣関連の面倒ごとを押しつけたのだ。

それ以来、キギョンヌ男爵はザザメ領の魔獣をスートレナ領側であるカッテーナの町へ意図的におびき寄せている。魔獣の好物であるジャガイモをばらまいて。

だから、町は食料不足でも、男爵の家や食料庫には大量の食材が常に置かれているのだ。

味を占めた魔獣たちは毎晩スートレナ側の町中に出没した。

とはいえ、被害に遭うのは町の住人で、男爵は頑丈な建物の中で贅沢《ぜいたく》な暮らしをしている。彼のおかげでザザメ領の被害はかなり少ない。

アポー伯爵から得た資金の一部は、紹介者であるロビンの実家にも流れた。見返りは、ロビンが王配になったとき、キギョンヌ男爵家を優遇すること。

ズキズキとリリアンヌの胸が痛む。

「ロビンは次期王配、王女殿下の婚約者。そんなのはわかっているわ」

どうあっても、彼が自分の手に入らないという現実など。

リリアンヌなんて、その他大勢の令嬢の一人だ。

自分に地位以外の価値がないのは、自分が一番知っている。今は地位すら取り上げられてしまった。これ以上、失うものなんて何もない。

それでも、ロビンに嫌われたくないという気持ちに全身を支配される。

毒のようにしみこんだロビンの優しさが、彼の共感が……今まで誰にも顧みられることのなかったリリアンヌには嬉しかったのだ。

「捕まるわけにはいかない」

痛む足や苦しい肺を無視し、リリアンヌは集合地点まで全力で駆けた。

そうして、ようやく先に到着していたキギョンヌ男爵に合流する。同じく屋敷に招待されていた、協力者のアポー伯爵も立っていた。

今回の事件は自分たちの計画を邪魔する現領主、ナゼルバートを排除するために伯爵と男爵が仕組んだことなのだ。二人は中心街の砦《とりで》に自分たちの息がかかった者を潜り込ませている。

リリアンヌは実行犯。ナゼルバートを貫いたあとは、逃走して味方に保護される予定だった。そうして名を変え、ロビンに助けてもらいながらひっそり生きる……そういう約束。

頻繁に会いに行くと彼は約束してくれた。それだけを希望に、リリアンヌは辛《つら》い任務を遂行した。

「遅いぞ、リリアンヌ。ようやく来たか」

キギョンヌ男爵は高級な革靴の先をパタパタと動かし、苛立《いらだ》たしげにリリアンヌを睨《にら》んだ。

「申し訳ございません。任務に失敗してしまいました」

息を途切れさせながら、リリアンヌが伯爵と男爵を見上げると、二人の男性は顔を見合わせながら頷く。意味ありげな表情だ。

「あの、何か……?」

問いかけるリリアンヌに対し、二人は鷹揚《おうよう》な言葉をかけた。

「大丈夫だ。失敗した際の行動も、きちんとロビン殿から指示されている」

「そうでしたか。それで、行動というのは?」

答えつつ、リリアンヌは伯爵と男爵から漂う違和感を察知した。二人から自分を害するようなよくない気配が感じられる。まるで、屋敷にいた両親や使用人たちのように、リリアンヌを軽んじ傷つけようとする気配が。

厳しい環境で育ったリリアンヌは他人の顔色を窺《うかが》う術に長《た》けていた。

「ロビン殿は我々に話された。万が一失敗した場合は、全ての罪をリリアンヌになすりつけて切り捨てろと！」

伯爵の言葉に、男爵も大きく頷く。リリアンヌは頭が真っ白になった。

二人が何を言っているのか理解できない。

「嘘《うそ》よ、ロビンが、あの優しいロビンがそんなことを口にするはずがないわ！」

後ずさりながら反論するリリアンヌに、男爵が追い打ちをかける。

「まあ、成功してもあなたを殺人犯に仕立て上げ、始末しておけと言われたけどな」

ガンッ……と、リリアンヌの心に再び衝撃が走る。

ロビンは最初から、自分の計画のためにリリアンヌを殺す気だったのだ。

伯爵家という後ろ盾をなくした令嬢など、もう用済みだったのだろう。下手な話を出される前に消したかったのかもしれない。

でも、リリアンヌの心が真実を受け入れるのを拒否した。

「嘘！　信じませんわ！」

「それはお嬢様の勝手だが、我々もこのままナゼルバートに罪を暴かれるわけにはいかない」

「ですが、今回の事件を、令嬢一人の独断にするのは無理ではなくて？」

「そのあたりは、ロビン殿が上手くやってくれる。彼の後ろには王女殿下や王妃殿下がいるんだ、多少の問題はうやむやにできるだろう」

アポー伯爵はもちろん、キギョンヌ男爵も、『二人で領主歓迎の宴を開いただけだ』と訴え、リリアンヌとは無関係の人間を装うのだろう。

「ロビンが、そんな酷いことを指示するはずがありません！」

「可哀想に、現実を見ろよ。アンタは最初から使い捨ての駒なんだ。家を勘当されて自分にたかるだけの人間を、金にシビアなロビン殿は必要としない。アンタはここで死んで魔獣の餌になり、事件の証拠は全て消える」

キギョンヌ男爵がそう言うと、二人の後ろから彼らの私兵が現れた。

「……っ！」

リリアンヌは兵士の集団と反対方向に逃げる。

けれど、疲れた足はもつれ、ヒールが石に当たり体勢を崩した。

「きゃあっ」

地面に倒れたリリアンヌに迫る兵士たちは、無言で腰に差した鞘《さや》から剣を抜き取る。

（もはや、これまでなのね）

覚悟したリリアンヌが目を閉じた瞬間……森の木がバキバキと折れる音や驚いた鴉《からす》の叫び、そして聞き知った大声が辺りに響いた。

「リリアー――ンヌウゥゥ――ッ！！！！」

瞼《まぶた》を開いたリリアンヌは思わず自分の目を疑う。

(どうして彼がこの場所にいるの。なぜ、私を庇《かば》うように敵の前に立ちはだかるの？　私はあなたを裏切った、最低の元婚約者なのに)

初めて会ったときからなんの魅力も感じなかった、鈍感で雑で図体《ずうたい》と声が大きいだけの婚約者。

父に気に入られ、いずれリリアンヌと結婚してルミュール伯爵家を継ぐことになる男。

ぼーっと生きているだけで領主になれる幸せな人間だと思ったくらいで、それ以上の興味を持たなかった。

ロビンとの逢瀬を邪魔されたときに、完全に彼にも見放されただろうと思っていた。

それなのに、彼は自分を守るために真正面から敵に向かっていく。

(見捨てればいいのに、私なんて)

目の前の婚約者の行動が、ただただ信じられなかった。

「ぬうぉぉぉぉぉぉ――――っ！」

猛然と走り出したトッレは魔法でどんどん体を巨大化させていく。

魔法の力はある程度遺伝する。全く同じではないが、ある程度親の魔法の要素を受け継ぐことが多い。この力が欲しくて、父は彼をリリアンヌの夫に迎えようとしたのだ。

「許さんっ、成敗――――！」

巨大化したトッレが暴れ出したら、普通の兵士はひとたまりもない。容赦なく投げ飛ばされ、順に地面に伸びていった。

※

ナゼルバートは機嫌が悪かった。

カッテーナに来てからいろいろと思うところはあるが、キギョンヌ男爵の屋敷についた途端、初対面の令嬢に囲まれアニエスと引き離されてしまったからだ。

警戒していたが、まさかここまで常識のない真似《まね》をされるとは予想できなかった。アニエスとは正式な夫婦だというのに。

王女の婚約者だった頃は王家の力を恐れ、貴族たちはおいそれとナゼルバートに近づかなかった。中にはナゼルバートと繋《つな》がりを持ちたそうな者もいたが、あからさまな行動には出られない状況が作られていたのだ。だが、今はそういった牽制《けんせい》が利かない。

「そのせいか……」

ナゼルバートは追放された公爵令息で、身分が高いとはいえ以前より肩身が狭く、あからさまに強気な態度に出る者もいる。そして、エバンテール家から勘当されたアニエスには後ろ盾がない。

正確には、ナゼルバートしかいない。

だから、あの場にいた令嬢たちは彼女を軽んじた。ナゼルバートの気さえ引ければ、どうとでもなると考えているのだ。

さらに、アニエスを取り囲んだ貴族子弟たち。

（いくら彼女が可愛いからって、人妻に手を出していいとでも思っているのか？　それとも、このあたりでは結婚した夫婦でも不貞を働くのが当たり前なのか？　たしかに、キギョンヌ男爵には妻の他に愛人がたくさんいたような……）

そこまで思い出し、ナゼルバートはゾッとした。

（早くアニエスを助けなければ！）

全員を乱暴に押しのけてでもアニエスの方へ行こうと動いた瞬間、黒髪の令嬢が新たに輪の中へ突っ込んできた。しかし、明らかに他の令嬢とは様子が違う。

注意しつつ見ていると、彼女の髪が不自然に膨れ上がり、鋭い棘となってナゼルバートを貫……かなかった。

アニエスのおまじないのおかげで、ナゼルバートの体は魔獣の攻撃すら効かない状態だったのだ。

令嬢の髪はナゼルバートの体をかすめるだけに終わった。

髪が尖《とが》ったのは令嬢がそういう魔法の持ち主だからだろう。ナゼルバートを刺すことに失敗した彼女は、脅えた表情を浮かべて逃走した。

「待っ……！」

追いかけようとしたら、屋敷の警備する兵士たちが、なぜか妨害してくる始末。

怪しい、怪しすぎる。

「やはり、罠だな」

先ほどまで騒いでいた令息や令嬢たちは、会場の状況に脅えて蜘蛛《くも》の子を散らすように逃げていった。おそらく、彼らの方は何も知らされていないのだろう。

「アニエス、ここは危険だから逃……」

愛する妻に声をかけようとしたナゼルバートだが、アニエスはすでに会場にいなかった。傍《そば》にいたトッレが「アニエス様は出口から廊下へ逃げられたようです」と告げたので、ひとまず安堵《あんど》する。

この場には、まだ物騒な兵士が残っているのだ。

「早く片付けて、アニエスを迎えに行かなければ」

襲ってくる兵士を片付けて屋敷の外へ出ると、ヘンリーとベルがいた。

「ナゼルバート様、アニエス様とケリーさんは無事に避難しました。町で部下のもとにいるそうです」

「よかった」

一気に体の力が抜ける。しかし、これでまだ終わりではない。

「あの令嬢を探すよ」

そう告げると、黙っていたベルが話し出した。

「彼女や男爵たちの行方は見当がつく。私の魔獣を追うといい、男爵の匂いを覚えている。全員同じ場所に集まるはずだ」

手際が良すぎる……だが、今はそんなことに構っていられない。ベルについては後回しだ。

彼の足下には黒い犬がいた。魔狼《まろう》の子供だろう。魔狼は数の多い魔獣の一種で仲間意識が強い。家畜を襲うこともあるが、人間に馴れさせれば軍用犬のように心強い味方になる。

「ウォン！」

勇ましく吠《ほ》えた魔狼は颯爽《さっそう》と駆けだし、すぐ傍の坂道を上っていく。ナゼルバートたちは慌ててあとを追った。

しばらく走ると、誰かが言い争う声が聞こえてくる。

「ナゼルバート様、先に行きます！」

焦った様子のトッレが魔法を使って巨大化し、声のする方向へ突っ込んだ。

「リリア――ンヌウゥゥ――ッ！！！」

たしか彼は、男爵の屋敷の中でもその名を呼んでいた。

「トッレの婚約者の名前がリリアンヌだったような」

なぜ、トッレの婚約者がこんな場所に来ているのか。ナゼルバートは男爵たちの背後に陰謀めいたものを感じた。全員捕らえ、詳しく話を聞く必要がある。

主にトッレが大暴れし、ナゼルバートは彼が取り逃がした者を片付けていった。

数分後には男爵たちは全員気絶して、トッレも元の大きさに戻る。彼の前には茫然自失《ぼうぜんじしつ》状態の令嬢が座り込んでいた。

「さて、彼らを麓の町まで運ばなければね」

リリアンヌがこの場にいることを不可解に思いつつ、ナゼルバートは一息ついた。

すると、上空から大きな羽ばたきの音が聞こえてくる。そして……。

「ナゼル様ー！」

世界で一番可愛らしい妻の声が降ってきた。

「アニエス？」

見上げれば、ピンク色のワイバーンがクルクルと旋回している。ジェニだ。

やがて、ジェニとアニエスはゆっくり地上へ降りてきた。

「ナゼル様、ご無事で何よりです」

「アニエス、君こそ何もなくてよかった。ところで、その手に持っているのは……」

「ジャガイモです。ナゼル様がピンチだったら、上から援護しようと思って」

なぜ、そこでジャガイモが出てくるのか？

アニエスの考えることは、時々よくわからないが、そこが可愛い。

※

ジェニに乗った私が到着したとき、ナゼル様たちのいた眼下の森は酷い有様だった。

たくさんの木が引きちぎられ、なぎ倒され、地面までえぐれている。

（巨大化したトッレの仕業ね。地面の方はナゼル様の魔法植物かしら？）

なんにせよ、不穏な動きをしていた人間は全員捕まったみたいでよかった。

しばらく経つと、ヘンリーさんとベル、味方の兵士たちが坂道の向こうからやって来た。ナゼル様たちのあとを追ってきたようだ。

体力のないヘンリーさんはひどい顔色で、屈強な兵士に担がれている。

ベルは空を飛ばない馬型の騎獣に堂々と乗っていた。真っ白で優雅に動く、見るからにお高そうな騎獣。足の本数は八本で、屋敷にいる魔獣のダンクと同じだ。

(商人って、儲《もう》かるのね)

兵士たちはきびきびとした動きで、倒れた男爵たちを捕縛し町まで運んでいく。

最後にナゼル様を攻撃した令嬢が引き立てられた。

彼女は怪我《けが》をしているようで足を庇って歩く。素直に兵士に従っているが、バランスを崩し地面に膝をついてしまった。

「うう……」

「だ、大丈夫？　もしかして捻挫？」

慌てて令嬢の傍に駆け寄り足の状態を確認すると、庇っていた方の足首が酷く腫れているとわかる。見るからに痛そうだ。華奢《きやしや》な靴で山道を移動したせいかもしれない。

だとすれば、山を下るのは厳しいだろう。

「あの、私がこの人をワイバーンで町まで連れて行きます」

提案すると、令嬢を連れていた兵士が困った表情を浮かべた。

「しかし、領主夫人に罪人を運ばせるわけにはいきません」

「彼女の魔法は髪が棘状に伸びて危険なんです。私とジェニなら怪我をせずに運べますから」

「と、棘!?」

この兵士は一連の事件を目撃しておらず、令嬢の髪について知らない様子。危険だからと説得しようとするが、いっそう私を心配して、なかなか彼女を任せようとはしない。

すると、静かに話を聞いていたナゼル様が近づいてきた。

「アニエス、それなら俺がご令嬢を運ぼう。君に何かあったら後悔してもしきれない」

「ですが……」

悩んでいると、ナゼル様に続いてトッレまでやって来た。

「アニエス様、ナゼルバート様。リリアンヌは俺が運びます！　彼女は婚約者ですから！」

私はあんぐりと口を開けた。

(今、すごい言葉が聞こえたような)

以前本人に教えてもらったが、スートレナ領を訪れる前にトッレは失恋をしたらしい。相手は婚約者という話だった。

辺境へ来てしばらくは、たまに泣きながら筋トレするトッレの姿を見かけたものだ。

リリアンヌを婚約者と呼ぶトッレだけれど、おそらくもう婚約自体は解消されているのではないだろうか。その相手が目の前の令嬢だなんて、一体どうなっているのだろう。

「お願いします！　アニエス様！」

トッレの力強い言葉を聞くと、迷ってしまう。彼はいつでもまっすぐだ。

考えた末、私はトッレに向けて頷いた。

「わかった。でも念のため、トッレにも『物質強化』のおまじないをしておくわね」

私はトッレにナゼル様と同じ強化魔法をかける。

「ありがとうございます、アニエス様。では、運んでまいります！」

トッレは軽々とリリアンヌを担ぎ上げ歩き出す。

リリアンヌは「待って」や「下ろして」などと言い、戸惑っていたけれど……彼はそのまま行ってしまった。

「ええと、ナゼル様……私たちも戻りましょうか」

「そうだね、アニエス。俺も君を抱き上げていこう」

「へ、え？　ひゃぁああ！」

こうしてジェニに乗るまでの距離を、私はナゼル様に抱えられて移動したのだった。しかも、横抱きではなく向かい合わせの抱っこでなので、いつもの二倍恥ずかしかった！

ジェニに乗って町へ移動すると、ちょうど広場と隣合う宿屋にナゼル様の部下たちが集まっていた。

キギョンヌ男爵の家へ寄ることになった私たちは、予《あらかじ》め宿を取り休憩所代わりに利用しようと決めていたのだ。男爵家へ行かないメンバーもいるので。

休憩所には、魔獣の餌となるジャガイモが積み上げられていた。

これらは男爵の屋敷に運ばれたものや、彼らによって森と町の境目に撒《ま》かれたもので、今も回収班が残りの芋を集めている。残したままだと森に住む魔獣が食べに来るからだ。

ちなみにジェニに乗った私が手にしていたのは、男爵家にあった芋の残り。屋外で敵兵に襲われたときに備えて、念のため数個持ち出していた。

「魔法を解いて芋を返しておこう」

男爵家から没取されたジャガイモ入りの木箱へ、私は持っていた芋を戻した。

宿へついてしばらくすると、リリアンヌを抱えたトッレが戻ってきた。男爵や伯爵を連行する味方の兵士たちも一緒だ。

ジェニならすぐの距離も、陸路では時間がかかる。

（皆気絶しているけれど……）

疲弊した様子のリリアンヌへ目を向けると、思いのほか衣服がボロボロだと気づく。

「トッレ。リリアンヌ様をこちらの部屋へ、私とケリーが怪我を確認します」

宿の一室を一時的に女性用救護室として使わせてもらえることになった。

ただ、医者は隣町にしかおらず、ナゼル様の部下が天馬に乗って呼びに行っている最中だ。この町にもいたが、数日前に魔獣に襲われてしまったらしい。

リリアンヌをベッドまで運んだトッレがなかなか立ち去らないので、私は口を開く。

「トッレ、彼女の怪我を見たいから、少しの間外に出ていて？」

「ううっ、しかし……」

「心配なのはわかるけど、ここは男性の立ち入り禁止です！　ほら出て行く！」

「リリアーンヌッ！」

私は無理矢理、名残惜しそうなトッレを外へ閉め出した。リリアンヌは大人しくベッドに腰掛けている。ケリーの体は既に強化されているので何かあっても安心だ。

「肩の力を抜いてね、リリアンヌ様。私たちはあなたに危害を加えないから。私はアニエス、こちらは侍女のケリー」

「……うう」

リリアンヌは脅えたように身を縮め、警戒心むき出しの上目遣いで私たちを見ている。ナゼル様を狙ったときのような戦意はなく、ただ私やケリーを怖がっている様子だった。

「リリアンヌ様。足の他に怪我をしている場所は？」

「……放っておいて……ください……どうせ、もう……終わりなんです……」

「そうもいかないの、あなたからはきちんと話を聞きたいし。どうしてナゼル様を狙ったの？」

しかし、リリアンヌはだんまりだ。私とケリーは顔を見合わせ、小さく息を吐いた。

「先に着替えましょうか。あなたのドレス、ズタズタだものね」

自らの髪で引き裂いたのもあるだろうけれど、他の部分も破れたり汚れたりしている。逃げたあとで何かが起こったのかもしれない。

愁いを帯びた瞳のリリアンヌは全てされるがままで、抵抗の意思をなくしたというよりは、全てを諦めたかのような投げやりな空気が感じられる。

二人がかりでぼろきれと化したドレスを脱がせた私は、リリアンヌの腕を見て思わず息を呑《の》んだ。彼女の手首には痛々しいミミズ腫れの痕がたくさん残っていたのだ。

傷は完全に塞がっているが、痣《あざ》がくっきりと見て取れる。

「これは……鞭？　割と新しいわね」

見間違えようもない。私もかつて、家の方針に添わない行動を取るたびに母や侍女や家庭教師から叩かれていたのだから。

ケリーもただならぬ傷を前に何かを察したようだった。公爵家へ来た私が虐待を受けていたことにいち早く気づいて、ナゼル様に知らせたのは彼女だ。

「他に傷はないですね。とりあえず、足首は手当てが必要です。アニエス様……」

「傷に触れないよう気をつけて、体を綺麗にすればいいのよね？」

「はい、私は奥で着替えの服を準備します」

濡らしたタオルでリリアンヌの体を拭き、替えのドレスを着せる間も、彼女は黙ったままだった。ちなみにドレスは私の荷物にあった予備用のものだ。

様子を見つつ、再びリリアンヌに質問する。

「ねえ、ナゼル様を狙った理由を教えて。個人的な恨みではないでしょう？」

一緒にいて僅かに気が緩んだのか、それとも私に気を遣ったのか。リリアンヌは、おずおずと頷く。

「誰かに頼まれたの？　キギョンヌ男爵たち？」

続けて尋ねると、リリアンヌは辛そうに細い眉を顰め、両手を強く握りしめた。

「大丈夫、私はあなたを傷つけたりしない。ナゼル様を刺したことは許せないけれど……無事だったし。それにしても顔色が悪いわね」

リリアンヌは罪悪感を覚えていないわけではなく、自分が犯罪に手を染めた事実に脅えている。

「私、私は……」

呼吸が速くなりガタガタと体を震わせる彼女を支えながら、私は話題をずらすことにした。ちょうどよくケリーが紅茶を持ってくる。

「落ち着いて。ナゼル様が領主になってから、ボロボロだったスートレナの司法が見直されたのはご存じ？」

そう、実はナゼル様はいろいろな方面でスートレナを改革中なのだ。

以前は領主の気分で下された罰が多かったという。「気分って何？」って思うよね。そんなので刑を決められるとか、迷惑極まりないんですけど。

「いいえ、スートレナのことは知りませんが、私は領主を手にかけたのです。普通に考えれば生きていられるはずがありません」

もっともな意見だ。他の領地であっても領主殺害は重罪で、犯人のほとんどが処刑される。コニーたちが魔獣に殺害された前領主の件をうやむやにしたのもそれが理由だった。

「普通なら殺人は許されません。けれど今回は殺人未遂なので、あなたが全てを自白すれば死刑は免れます」

助言しても、リリアンヌは頑《かたく》なに口を閉ざす。

「今更生き延びても、なんになるでしょう。私には何もないのに……身分も、住む家も、生きる手段も」

「どういうこと？　あなたは伯爵令嬢では？」

「いいえ、もう伯爵令嬢ではありません。私は、家を勘当されたのです！」

「勘当!?　なんで？」

私とケリーは顔を見合わせる。王都では勘当が流行しているのだろうか。そんな流行は嫌だ。

「自業自得とはいえ、身一つで街に追い出された私には、生きていく術がありません」

「勘当を取りやめてもらうよう、ご実家へ連絡しましょうか？」

「無駄です。私は家族だけでなく、最後の頼みの綱からも見放された。ずっと信じていたのに」

「誰を？」

リリアンヌが答えてくれるまで待っていると、彼女はどこか吹っ切れた様子で自嘲し始めた。

「ふふ、自分を捨てた相手を守っても……仕方ありませんね。私、馬鹿みたい」

小さく深呼吸をし、リリアンヌは私の目を見た。

「全部、お話しいたします」

それから聞いた話は、信じられないものだった。

伯爵令嬢リリアンヌは、ロビン様の甘い言葉に騙《だま》され全てを失っていたのだ。

無論、彼女が全くの潔白というわけではないが、王女の婚約者と恋仲になった件に関しては、身一つで勘当という重い罰を受けている。王女殿下とは異なりロビン様と体の関係がなかったのは、不幸中の幸いだろう。

そうして何もかもなくして途方に暮れたリリアンヌを、ロビン様はナゼル様を排除するため利用し使い捨てた。

最近辺境へ来た彼女は、男爵たちの悪事と無関係みたいだ。

「正直に話してくれてありがとう、リリアンヌ様」

けれど、よくわからない。

(どうしてそこまでロビン様は、ナゼル様に敵意をむき出しにするのかしら)

ナゼル様曰《いわ》く、彼とはほとんど関わりがないらしいのだけれど。

王都でナゼル様の罪をでっち上げ、辺境へ追放しただけでは飽き足らず、令嬢を唆し刺客として送り込んでくるなんて。正気の沙汰ではない。

「ロビン様は、とんだ卑《ひ》怯《きょう》者《もの》だわ」

自分の手は一切汚さず、周囲の罪のない人を巻き込み、今も王女の夫として高みに君臨して。

彼のせいで一体、どれだけの人が人生を狂わされたのだろう。

「とにかく、あなたの話はわかりました。きちんとナゼル様に伝えるから、今は傷を治すのに専念してね」

あとのことをケリーに任せ、私は部屋を出たが、扉の前にはトッレがへばりついていた。

「トッレ、そんな場所にいると邪魔になるわよ。ケリーが出入りできない」

「リリアンヌが心配なのです」

「もしかして、中での話が聞こえていた?」

「はい、あの……盗み聞きしてすみません」

しゅんとしたトッレを扉から引き剝がし、一緒にナゼル様のもとへ向かう。

「トッレは今もリリアンヌ様が大好きなのね」

「気持ちは変わりません!」

目を輝かせながら答えるトッレからは純粋な好意が感じられる。

「ねえ、トッレはリリアンヌ様のどこが好きなの? 言いたくなければいいのだけれど、そこまで相手を想《おも》えるのが不思議だったから」

「構いません、隠す内容でもありませんから。俺はリリアンヌの素直でしとやかで綺麗な心の在り様……そして何より努力家なところが好きなんです! 彼女は一見大人しく従順な令嬢に見えますけれど、それを覆すくらい根性があって日々勉強に励んでいるのです」

トッレの失恋の原因はロビン様で、彼は本人に苦情を伝えにいったこともあるらしい。その場で言い合いになったそうだ。

「俺は口下手な上にすぐ頭に血が上ってしまうから、城で会ったロビンに最後まで言ってやれなかったけれど。リリアンヌは誰より頑張り屋ですごいんだ!」

たしかに、トッレは口の上手いタイプではない。でも、まっすぐで心が綺麗だ。

「俺がリリアンヌと結婚したら、もっと楽をさせてやりたいと考えていました。努力する彼女は素晴らしいけれど、いつもどこか苦しそうだったから」

「……そうだったのね」

私はリリアンヌの手首の傷を思い浮かべた。

「リリアンヌ様の処遇を決めるのはナゼル様やヘンリーさんだけれど、私も彼女が気の毒だと感じる部分があるの」

怪我をしたリリアンヌを見て思ったのだ。彼女は、もう一人の私だったと。

あのとき、エバンテール家から追い出されたままだったら、ナゼル様が助けてくれなかったら
……私はどうなっていただろう。

縋るものがないところに優しく声をかけられたら、藁《わら》をも摑む思いで自身の手を伸ばしたのではないか。

「今回の件、リリアンヌ様一人だけを責められないわ。でも処罰しないという選択もできない。全てを含め、話をしに行きましょう」

「はい！　アニエス様！　どこまでもついて行きます！」

大股で歩くトッレに早足で並びながら、私は皆のいる場所――宿の食堂へ向かったのだった。

砦のメンバーでガヤガヤと賑《にぎ》わう宿の食堂、その一角にあるテーブルでナゼル様は私を待っていた。

「ナゼル様、お待たせしました！　リリアンヌ様のお話を聞けましたよ。彼女は今、部屋で休んでいます。魔法を使ったケリー曰く、私たちに害意は全く抱いていないとのことです」

「アニエス、大丈夫だよ。俺も他の仕事に追われていてやっと落ち着いたところだから」

自分の膝に私を座らせたナゼル様は、にこにこと嬉しそうな表情になる。トッレはテーブルを挟んで向かい側に腰掛けた。

「そうだ、お腹《なか》は減っていない？　この町の食料は少ないけれど、屋敷でメイーザが作ってくれた焼き菓子と回収した大量のジャガイモで急遽《きゅうきょ》作った料理があるよ」

「食べます。ケリーにも持っていってあげていいですか」

砦の職員や町の人によってジャガイモ料理は食べ尽くされていたため、私は焼き菓子をいただくことにする。

「もちろんだよ。コニーが暇そうだから、彼に運んでもらおう」

カッテーナの惨状を前に、さっそく魔獣駆除係が呼ばれたみたいだ。魔獣は夜行性のものが多いので日が落ちるまでは暇らしく、コニーは食堂の隅で居眠りしている。

袋から焼き菓子を取り出したナゼル様は、私の口元に菓子を持ってきた。私の大好きなヴィオラベリーフィナンシェだ。

「アニエス、あーんして？」

「あーん」

「ふふっ、可愛いなアニエスは。飲み物も用意してあげようね」

「ありがとうございます……じゃなくて！　報告の続きがあるんでした」

私はそこでリリアンヌがロビン様に唆されていたことや、彼女の境遇を伝えた。

「そういうわけで、裏にロビン様がいるらしいです。彼とキギョンヌ男爵、アポー伯爵には繋がりがあるのだとか」

「なるほど。男爵家にいたけれど、令嬢は俺を狙っただけで魔獣被害の件とは無関係か。それにしても、ロビン殿は何を考えているんだ？　俺は王女の婚約者ではなくなったのに、わざわざ辺境に刺客を送ってくるなんて」

「まったくです！」

「厳しい王配教育もあるはずだけれど、スートレナにちょっかいをかけるほどの時間があるのか？」

ナゼル様は心底不思議そうな顔をしている。実際、我がデズニム国の王妃・王配教育はかなりブラックらしいのだ。

丸一日部屋に閉じ込められることなんてザラで、騎士と同じ訓練を受け、各領地を回り……時には外国に足を運ぶほどだという。王や女王が賢くなくても大丈夫なように、結婚相手には過酷な訓練が課されるのだとか。

話を聞いたときには、ナゼル様が気の毒で仕方がなかった。

「それで、リリアンヌ様の処遇なのですが」

「ちょうど考えていたところだった。俺は生きているわけだし、ケリーの見立てでは害意はないんだよね。だったら、処刑じゃなくていいと思う」

「本当ですか！」

大きな声で叫んだのは私ではなく、テーブルの向こうに座っていたトッレだ。

「ああ、情状酌量の余地がある。今回の事件の大事な証人だから協力も取り付けたい。とはいえ、何もお咎《とが》めなしというわけにもいかないかな」

たしかにスートレナの人々の目もあるし、全くの無罪というのは難しいだろう。

結果的に無傷だったとはいえ、ナゼル様を襲ったのは許されないことだ。

「そこで、新しい制度を適用しようと思うんだけど」

「罪人による、決められた期間の労働でしたっけ？」

「そうそう」

ナゼル様たちが考えたのは、果実の栽培や騎獣の世話、縫い物や家具製作などの労働だった。辺境スートレナは常に人手不足なのだ。

罪を犯した者をただ牢屋に閉じ込めるだけでなく、働く意志のある者は社会復帰しやすいよう支える。そんな試みらしい。お金は少ないが出るし、衣食住は質素ながらも保障される。

品行方正なら外でも監視付きで働けるようになり、釈放される時期も早まるのだとか。

「もともと軽犯罪者が対象だけれど、害意がないなら彼女を入れても問題ないかなって。貴族扱いはできないけれど」

正直、領主の殺人未遂という罪に対して破格の待遇である。

それに同じ仕事に就く軽犯罪者というのも、前領主の時代、食うに困って食料を盗んだ者が中心だ。

話を聞いていたトッレが立ち上がって叫ぶ。

「ありがとうございます！　ナゼルバート様!!」

彼の大声は離れた部屋だけでなく、宿の外にまで響き渡った。

※

トッレが初めてリリアンヌに出会ったのは、婚約後に相手の実家を訪れたときだった。会う予定だったのは、リリアンヌ本人ではなく彼女の父親だが。

リリアンヌの生家であるルミュール家は、代々デズニム国の軍事部門で騎士を多く輩出する家だった。

そんな家に生を受けた令嬢の役目は将来有望な騎士を婿に迎え、ルミュール家に優秀な血を取り込むことと、夫に逆らわず従順な妻として尽くすこと。

ルミュール家に武術に向かない息子として、または娘として生まれると厳しい人生を余儀なくされる。リリアンヌも例に漏れず半ば虐待とも取れる子女教育を押しつけられていた。

リリアンヌの父親に会った帰り、トッレはどうしても婚約する相手が気になって、こっそり彼女の部屋があるという庭沿いの一室を覗《のぞ》いた。すると、そこには衝撃の光景が広がっていた。

泣きながらダンスのレッスンを受けるリリアンヌ、彼女の失敗を叱り容赦なく鞭を振り下ろす教師。壁際で「できが悪い」と娘を貶《けな》す母親や侍女たち。リリアンヌの味方は誰もいなかった。

にもかかわらず、涙を流す婚約者は歯を食いしばり、必死にダンスの授業に食らいついていく。トッレはそんなリリアンヌの姿に心を打たれた。

あまりにショッキングな光景を目にしたトッレは、婚約者の授業について彼女の父親に訴えた。こっそりリリアンヌを覗いた意味がなくなったが、それも気にならないくらい頭に血が上っていた。

しかし、ルミュール家当主は、眉一つ動かさず言い放ったのだ。

この教育には娘の自尊心を打ち砕き、自分の意見を持たぬ従順な人間にする意味も含まれており、婿を取り家を守るために必要なことなのだと。「そんなわけがあるか！」とトッレは叫びたくなった。

人形のように都合よく動く妻でないと家を守れないなんて、馬鹿らしいにもほどがある。当主の手腕が足りず人としての器が小さいから、おかしな考えに走るのだ。

とはいえ、ルミュール家の当主は騎士団副団長でトッレの上官に当たる。だからこそ、彼にリリアンヌの婚約者の座が回ってきたのだ。上の命令は絶対という風土の騎士団で育ったトッレは、面と向かって上官を否定できない。

だから待つと決めたのだ、自分がリリアンヌと結婚してルミュール家の当主になる日まで。

そして、地位を手に入れると同時に、リリアンヌをルミュール家のしきたりから解放しようと考えた。

だが、トッレの判断は甘かった。リリアンヌの心はすでに、どうにもならない域まで追い詰められていたのだ。辛い現実から逃げるように彼女がロビンに依存するのに時間はかからなかった。

そうして、そのことが露呈して家を勘当されたリリアンヌは行き場をなくし、ロビンの甘言に乗って辺境ストレナへやって来た。彼女は領主であるナゼルバートを害そうとして失敗、兵士たちに捕縛されたのだ。

辺境にやってくる以前、トッレの実家にはリリアンヌの妹との縁談も持ち込まれた。

しかし、姉が駄目なら妹と夫婦になれなんて酷い話だ。自分には簡単に割り切れない。

条件のいい内容だったが、トッレは丁重に辞退した。三男だったのもあり、両親はトッレの好きにさせてくれた。

それでも問題なくストレナへ向かえたのは、城で出会った人物の手助けがあったからだろう。

辺境では「商人のベル」を名乗っているらしく、それ以外の名で呼ぶと叱られる。

リリアンヌの沙汰に関しても、王都でのやり取りはベルが上手く立ち回ってくれるだろう。

「それにしても助かった。ナゼルバート様は、なんと心の広いお人なんだ」

命を狙われたにもかかわらず、ナゼルバートはリリアンヌに破格の処遇を与えた。

辺境へ追いやられた公爵子息はどこまでも善良な人物。だからこそ、トッレは彼を尊敬しているし、力になりたいと感じたのだ。

一仕事を終えたトッレは、しばし仮眠を取ろうと宿の個室へ向かう。いろいろと仕事に追われ続けるうちに、朝になっていた。

ちなみに領主夫妻は揃って部屋で休んでいる。

リリアンヌの部屋の前を通りかかり、元婚約者の部屋に入るか否か迷った。ちょうどケリーも睡眠を取るためリリアンヌの部屋を離れ、その間は兵士が部屋の外で彼女を見張っている。

二人で会話したのは数えるほどで、最後の自分の印象はロビンに暴力を振るおうとしたという最悪なもの。向こうはトッレと顔も合わせたくないかもしれない。それくらい、自分は情けない婚約者だった。

けれど、トッレは決意している。もし、リリアンヌが罪を償って釈放されたならば、もう一度婚約を申し込もうと。いい結果は期待できないが、まだ彼女への未練があった。

ためらっていると、部屋の扉が開いて当のリリアンヌが顔を出す。彼女は見張りの兵士に「水をもらえないか」と頼んだ。兵士はいいタイミングで現れたトッレを見る。

「トッレ様、水を汲《く》んできますので、その間ここの見張りをお願いしても？」

彼は扉の前でうろうろと悩むトッレの心を見抜き、気を利かせたのだ。

「あ、ああ……わかった」

感謝の気持ちと、いきなりリリアンヌの前に放り出された戸惑いでトッレは混乱状態に陥る。なにか言わなければと焦るのに言葉が出てこない。

すると、リリアンヌがそっとトッレを見上げて、口を開いた。

「申し訳ございませんでした、トッレ様。あなたの言葉が正しかったのに、私は愚かにもロビンの言いなりになってしまった」

トッレもしどろもどろになりながら答える。

「過ぎたことだ。それに、俺にも反省する点はある……もっと早くに、リリアンヌの心に気づいてやるべきだったのだ。婚約者なのに、鈍い俺は君があそこまで追い詰められているなんて知らなかった。屋敷で文字通り血のにじむような努力をする光景を見たのに」

「ご存じでしたのね。あなたには私の生活をお話ししなかったので当然です。ご自分を責めないで」

「俺が相談するのに足る男ではなかったのだろう。虐待じみた教育を受ける姿を知りながら、俺は上官を恐れてすぐに君を助ける選択ができなかった」

「私のことはもう気になさらないでください。今だって、ナゼルバート様の寛大なご処置により生きながらえているだけ。全てを失った、居場所のない平民の女です」

リリアンヌはまだ孤独の中にいる。誰にも頼れず、日々自分を責めて追い詰めて……唯一事情を理解し動けるトッレが何も手を打たなければ、それはこれからも変わらない。

だから、トッレは慌てて彼女に告げた。

「リリアンヌ、屋敷と城しか知らない君に言うのは酷だが……居場所はじっとしていて与えられるものではない。自分にできる役割を探し、自分自身で作っていくものだ」

「そう……ですか……」

「だが、もし君が罪を償い自由の身になってもなお、居場所を見つけられなかったら、そのときは迷わず俺のところへ来てくれ」

「トッレ様？」

「俺は今でもリリアンヌが好きだ。誰より努力家で、人一倍まっすぐな君が」

リリアンヌが学んできた内容は決して無駄ではない。これからの生活で彼女を支えるだろうとトッレは考えていた。

「俺は待つ。君が罪を償って自由を得る日まで」

「……どうやら私は大切なものを見落としてしまっていたのですね。トッレ様、ありがとうございます。お気持ちだけで十分ですわ」

「俺は本気だ！　リリアンヌと結婚したい!!」

トッレは大きな声でプロポーズする。その声はやはり宿中に響いていた。

釈放されたあとで婚約しようという手順は、すでにトッレの頭から吹き飛んでいる。

「困ります、私が釈放されるのは早くて数年後でしょう。結婚適齢期を過ぎてしまいます」

「待つ！」

「それまでにいい人が現れますわ」

「嫌だ！　リリアンヌがいい!!」

強い意志を伝えるトッレを前に、リリアンヌの目が潤み始める。

「……本当に女性を見る目が……ありませんね」

「そんなことはない！」

力強く断言するトッレとリリアンヌは静かに見つめ合う。

二人を見守るギャラリーの数が徐々に増えている事態に、彼らだけが気づかないのだった。

※

カッテーナの町での事件を解決したナゼルバートたちは、再び中心街の屋敷へ戻っていた。

諸々《もろもろ》の処理を終え、アロー伯爵およびキギョンヌ男爵は貴族籍剝奪の上、関与していた者たちと共にストーレナ領内の重罪人用牢獄《ろうごく》に入れられる。

アロー伯爵のあとは幼い息子が継ぎ、彼が成長するまでは第二王子が国王に掛け合って派遣した補佐がつく。王子の手際が良すぎるのには別のからくりがありそうだが。

一方で娘ばかりのキギョンヌ家には跡取りがおらず、また一代限りの爵位のため残された家族は働きに出なければならない状況だ。不正に儲けた金銭はすべて没収され、男爵家の豪勢な屋敷はベルに売り払われた。

メイドの面接に来た三女があれでは先が思いやられるが、貴族としての教養があるので、心を入れ替えれば働き口には困らないだろう。

男爵家の屋敷に集まっていた小貴族の貴族令息、令嬢たちは親の金で贅沢三昧だったものの直接悪事に手を染めてはいない。捕らえられはしないが、キギョンヌ男爵の余罪を調べるうちに次々と他の貴族の罪が表に出てきてしまい、当主の捕縛が相次いだ。

彼らの家も概《おおむ》ね男爵家と同じような道を辿っている。

いろいろあったがナゼルバートとアニエス、トッレやコニーの魔獣対策が功を奏し、カッテーナの町での魔獣被害は大幅に減った。

あれからリリアンヌも軽犯罪者用の施設へ送られ、平民のように働く生活を始めた。施設は面会が自由にできるため、早くもトッレがそわそわと落ち着かない。

（頻繁に押しかけすぎて迷惑にならないよう、あとで注意しておきましょう）

忙しくカッテーナの町と砦と屋敷を行き来し、ようやくゆっくり休める日が来た。

今日ばかりは意地でも休むとナゼルバートは決めていた。最近、妻のアニエスと二人きりになれる時間がなかなか取れなかったからだ。

デズニム国南端のスートレナは、四季のある他の地域と微妙に気候が異なる。年中を通し温暖で、天気のいい日が続く乾期と朝夕に大雨が降る雨期に分かれていた。ちなみに、現在は乾期が終わり雨期にさしかかる頃で気温は雨期の方が高い。

雨上がりの晴れた庭を見ながら、ナゼルバートはテラスに置かれた椅子に腰掛けた。

アニエスは前領主が庭に作ったプールでワイバーンのジェニを遊ばせている。それを少し離れた場所から、柵に入れられたダンクが眺めていた。

グラニという種類の魔獣であるダンクはアニエスに馴れてきたようで、時折ニンジンを与えられよしよしされている。しかし、自分を捕まえたナゼルバートには懐かず、未《いま》だに警戒していた。

「ナゼル様！　お仕事は終わりました？」

こちらに気づいたアニエスが笑顔で駆け寄ってくる。

そんな彼女の姿を見て、正確には服装を目にしてナゼルバートは座ったまま硬直した。ブラウスがプールの水でびっしょり濡れ、下着が透けて見えている。

「アニエス、今すぐこの上着を羽織って！」

「……はい？　ナゼル様の上着が濡れますが、いいんですか？」

「もちろん！　ケリー、至急アニエスに水着の手配を。なるべく、露出の少ないもので」

近頃、王都の貴族はプールで遊ぶことがステータスとなっており、特に若者の間で水着が流行している。

離れた場所で静かに控えるケリーは「水着は採寸を終えて発注済みです、明日には届くでしょう」と完璧な返答をした。

アニエスは貴族の事情に興味があるわけではなく、単にジェニを遊ばせたかっただけだろう。

ダンクが馴れれば、二匹一緒に水遊びを始めるかもしれない。

「ナゼル様も一緒に水浴びしませんか？　涼しくなりますよ？」

可愛い妻がキラキラ輝く視線を送ってくる。ナゼルバートは一秒で陥落した。

「行こう！」

しよう、水浴び！　こうしてナゼルバートは、アニエスとプールで充実した休日を過ごしたのだった。

翌日、ベルがアニエスの水着を届けに来たと聞いて、屋敷の執務室にいたナゼルバートの平常心が揺らぐ事件が起こった。

（ケリーが発注したと言っていたが、彼に頼んだなんて）

辺境に商人が少ないとはいえ、いささか相手が偏りすぎているような気がした。二人の間にはかなり太い繋がりがあるみたいだとナゼルバートは考察する。

「ストレナに貴族向けの水着店はないから、扱う商人は限られるけれど。それにしてもね」

ナゼルバートはベルに対して気になることがあった。商人を名乗る彼だが、昔一度出会った知り合いにとてもよく似ているのだ。

まさかと思ったが、考えれば考えるほど本人の可能性が高くなっていく。

よって、ナゼルバートはカッテーナの町から帰ったあと、共通の知り合いに事実確認をした。そして――

「……本当に本人だったとは」

商人ベルは王都にいる第一王子、ベルトランの仮の姿だと判明した。

そもそも、ナゼルバートとベルトランが会ったのは、王配教育のため城に上がったときが最初で最後。体が弱いベルトランは重い病に冒されており、滅多に部屋の外に出られない王子だったはずだ。

最近はずっと寝たきりで、政略結婚した妻以外は部屋に出入りすることさえできない有様。そのくらい容体が悪いと聞いている。

だから、王位争いにも無関係で多くの国民から忘れられていた。

「全部嘘なのか？」

王子は商人に変装して辺境で元気に荒稼ぎしていた。特にキギョンヌ男爵の事件で事後処理を担当したので相当儲けたと思われる。

同時に第二王子の裏にいた人物は彼なのだろうと推察できた。

第二王子レオナルドは基本的に他人に無関心で、自分の命さえ無事なら他はどうでもいいという考えを持っている。生まれると同時に後ろ盾を失った彼の生存戦略の一環ではあるが、第二王子としてはとても頼りなかったのだ。

しかし、そんなレオナルドが最近派閥を作りだしている。ナゼルバートは第二王子の招待でヤラータの家に呼ばれたときから違和感を覚えていた。

だから、タイミング良く現れたベルに事情を聞こうと考えている。アニエスの水着の件も気になるが、まずは商人としてスートレナにいる理由を知りたい。

確認しにいこうと立ち上がると同時に、執務室の扉がコンコンと叩かれた。

「ナゼル様ー？」

扉の向こう側から妻の声が聞こえたので、ナゼルバートは小走りでそちらへ向かう。

「どうしたんだい、アニエ……」

言いかけて、今度はナゼルバートの平常心と理性が星の彼方《かなた》へ飛びそうになった。

目の前に立つアニエスが、新品の水着を身に纏っている。しかも、普段見えないところまで見えた、露出の多い形である。

「どうですか、似合います？　購入したものとは別で、ベルがプレゼントしてくれたんです。ナゼル様が喜ぶから見てもらえって」

「あの野郎」

ナゼルバートの言葉に、アニエスが不安そうな顔になる。

「好みではありませんか？」

「めちゃくちゃ好みだよ！　アニエスは何を着ても可愛いね」

妻を抱きしめたナゼルバートは彼女を強引に部屋に戻し、現在客室にいるらしいベルのもとへ向かった。

※

水着から着替えたあと、私はベルたちのいる客室を訪れる。なぜかナゼル様に「水着を着たままベルに会ってはいけない」と言われたので。

ソファーに座るベルの向かい側に並んで腰掛ける私たちの後ろには、相変わらず無表情のケリーが静かに立っていた。

ベルがニヤニヤ笑いながら「奥様の水着はお気に召しました？」なんて言うけれど、ナゼル様は私の水着程度ではなんとも思わないはず。

だって、あの肉感的なミーア王女の婚約者だったのだから。比べると私なんて芋くさだし、王女殿下よりいろいろ足りていないのは一目瞭然だ。

ナゼル様はベルを見てコホンと咳払《せきばら》いし、続いて改まった口調で彼に話しかける。

「お遊びはそれくらいにしていただけますか、ベルトラン殿下」

「んっ?」

瞬間、客室が沈黙に包まれる。

ベルトラン殿下はこの国の第一王子だ。しかし、彼は体調が思わしくなく城の部屋で寝たきりと聞いていた。

(たしかに、ベルは王家と同じ金髪だし、商人にしては華やかすぎる雰囲気だとは思っていたけれど)

ややあって、ヘラヘラ笑うベルの纏う空気が凛《りん》と研ぎ澄まされたものに変わる。続いて彼は姿勢を正し、堂々とした声音でナゼル様に話しかけた。

「もう気づいたのか。面白みのない男だな、ナゼルバート」

うさんくさい商人の態度が完全に消え失《う》せている。

(本当に、ベルが第一王子だったなんて!)

ナゼル様は納得がいかないという顔でベルトラン殿下を見返す。私はただ呆気《あっけ》に取られて殿下の変貌ぶりを眺めていた。

それを感じ取ったのか、ベルトラン殿下が私を観察し口元を緩める。

「悪いな、アニエス夫人。私が寝たきりの第一王子だ、驚いたか?」

驚いたのはもちろんだが、意味がわからない。

なんで、王子が商人をやっているの？　どうして病弱なのに辺境へ？　周りの人は誰も止めないの？　ぐるぐると疑問が渦巻く。

ナゼル様も戸惑ったようにベルトラン殿下に質問した。

「あの、お体は大丈夫なのですか？」

「ははは、最初の質問がそれとは優しい奴だな。私の〝病弱〟は設定だから気にするな。寝たきりというのは演技だ、昔王妃に何度も毒を盛られてな。命を狙われるのが面倒だから寝たきりになったということにした。おかげで、今は誰も私の様子を見に来ず気楽なものだ」

たしか、第一王子の母親は正妃ではなく側室で……最も陛下から愛されていたという噂だった。しかし、ベルトラン殿下がまだ幼い頃に亡くなっている。

「城を抜け出して、誰にもバレないのでしょうか？」

「問題ない、妻が幻覚魔法で誤魔化しているからな。幻覚で出せる人物は二人が限界で複雑な動きは難しいが、私は寝たきりという設定なので大丈夫だ。たまに確認しに来る奴らはそれで誤魔化せる。誰も私なんかに興味はないしな」

それから、ベルトラン殿下は今までの経緯について私たちに語った。

王妃殿下や王女殿下の権力が強く、国王陛下は日和《ひよ》っている。そして側妃の子である第一王子殿下と第二王子殿下は力が足りない。差を埋めるべく、ベルトラン殿下は昔からこつこつと王妃派の悪事の証拠を集めたり、仲間を増やしたりと動いていたそうだ。

その最中にナゼル様の婚約破棄騒動が起こり、ベルトラン殿下はあろうことかこれを「チャンス」だと考えた。彼はロビン様と王女殿下の婚約をきっかけに、芋づる式に王妃派を引きずり下ろそうと企《たくら》んでいたのだ。

巻き込まれた側はたまったものではないのに、ベルトラン殿下には全く悪気がない……。

「それでは、キギョンヌ男爵家付近にいたのも、わざとですか」

「ああ、ナゼルバートが動くと知って先回りした。ロビンの弱みを握れそうだったから」

「そうですか。私もリリアンヌから話は聞きました。また刺客を送られては困りますから手を打ちたいのです」

ベルトラン殿下はナゼル様の言葉に鷹揚に頷く。そして、同時に難しい顔になった。

「ナゼルバートとは別行動をしていたが、今回の事件の話は大体把握したし、伯爵や男爵がロビンと繋がっている証拠も手に入れた。だが、今情報を出すのは悪手だ。下手を打つと、お前が追放されたときのように王家にもみ消されるぞ」

「そこは殿下が頑張ってください」

ナゼル様は開き直ったいい笑顔になり、ベルトラン殿下へ目を向ける。

「無茶を言うな、私もレオナルドも力不足だ。今のままだと陛下は見て見ぬ振りだし、こちらが潰される。もっとこう……大々的に、陛下が動かざるを得なくなるような馬鹿をやらかしてもらわないと。せめて城で内政に携われていたら、裏で手を回せたのだが」

現状、レオナルド殿下に指示して地道に王妃派を追い詰めることしかできないらしい。

私やナゼル様にとっては王妃殿下がどうこうよりも、ロビン様が辺境へ手出ししてこない方が重要だ。それでも、利害が一致するならやぶさかではないのか、ナゼル様も真剣な表情で殿下の話を聞いている。

「まあ、そういうわけだ。お前も一応第二王子派になっているのだから、何かあれば手を貸してくれ」

「そんな何かは起きてほしくないですね。ところで殿下、アニエスが着ていた水着はあなたが勧めたものでしたよね？」

ベルトラン殿下は一瞬きょとんとした表情をしたあと、体を折り曲げて盛大に笑った。

「お前が喜ぶだろうと思って特別に選んでやったぞ！　それにしても辺境へ来て面白い奴になったなあ。ナゼルバートに人間味が出て私は嬉しい！」

「妻に変なものを着せないでください」

「嬉しいくせに……それと、水着は返品不可だ。ちなみに、着替えさせるのは全部ケリーがやった」

「当たり前です！」

壁際で佇《たたず》んでいたケリーは、無表情のまま視線を逸《そ》らせていた。ベルトラン殿下は、なかなか食えない性格の人みたいだ。

しかし、ナゼル様も揶揄《からか》われるばかりではない。

「それで、ケリーはベルトラン殿下と前々から知り合いなのかな？」

ナゼル様に問われたケリーは、瞑目《めいもく》しながら頭を下げる。

「……はい。私が王城で働けるようになったのは、街で偶然出会ったベルトラン殿下のおかげなのです。最初は王子妃殿下のメイドとして働いていて、王女殿下の使用人に引き抜かれたのは予想外でした」

「辺境で暮らし始めてからも、何度か接触していたようだね」

「王子妃殿下が私を心配してくださり、ナゼルバート様に拾っていただいたあとも、ベルトラン殿下を通し様子を気にしてくださいました」

ケリーがすまなそうに言うと、ベルトラン殿下もまた言葉を続ける。

「今まで黙っていたことについては、ケリーを責めないでやってくれ。彼女はナゼルバートに忠実だが、私が口止めしたんだ。フロレスクルス公爵家出身のお前を味方に引き入れるか悩んでいたのでな」

「責めてませんよ、ケリーは我が家の大切な一員だし優秀な侍女だから。あなたと繋がっていたからといって、彼女自身の献身を否定したりしない。それに、こちらに害のある動きはなかった」

私はケリーを疑ってはいなかったけれど、ナゼル様は気づかないところでいろいろ見ていたようだ。

「それで、ナゼルバート。私の方からも君に協力を頼みたい」

「すでに無理矢理レオナルド殿下の派閥に引き込んだでしょう」

「それもあるが、私自身にも協力して欲しいんだ。悪い話じゃないだろう」

ナゼル様はあまり乗り気ではないように見えた。艶めく赤髪をかき上げながら、悩ましげな視線を床に落とす。

「正直言って、私は辺境さえ安泰なら他はどうでもいいのです。王家のゴタゴタに巻き込まれるなど、本来ならごめんなのですが」

「ロビンの馬鹿がまたちょっかいを出してくるんじゃないか？」

「そこなんですよね。追い落とした相手に構う理由なんてないはずなのに」

「あいつ、性格悪いよなぁ。でも、やり方が杜撰《ずさん》すぎる。そろそろ、あちこちでほころびが目立ち始める頃合いだ。王家はどこまで隠し通せるかな」

ベルトラン殿下の目は確信に満ちていた。

「殿下に協力するにしても条件があります。公爵家の母と弟が損害を受けず、私やアニエスがこの辺境で平和に暮らせることを最低限約束していただきたい」

「王都に戻る気はないのか？」

「ありません。私はスートレナを気に入っていますから」

「それでいいから手を貸してくれ。今回の事件もそうだが、ロビンはお前に接触してくる可能性が高い」

「わかりました、今回手出しされたぶんの証拠は全部集めておりますので」

ナゼル様とベルトラン殿下はしばらく話し込んでいた。

いつまでもここにいるのはどうかと思った私は、ケリーと一緒に退出する。部屋に戻るとケリーがいつもより沈んだ調子で言った。

「アニエス様、色々黙っていて申し訳ございませんでした。私は殿下の正体を隠し、商人として屋敷へ招いてしまいました」

私は少し考え、ケリーに自分の考えを伝える。

「大丈夫よ、ケリー。ベルトラン殿下に命令されたら逆らえないよね。それに私は何も困っていないし、屋敷のものを処分できて感謝しているの」

「ですが……」

「エバンテール家にいた頃の侍女は、いつも私を『できが悪い令嬢』だと馬鹿にしていたわ。皆が母の言いなりで、心を許せる相手じゃなかった。怪我をしても見て見ぬ振り。私を心配してくれたのは、ケリーが初めてだったの。気にかけてもらえて……とても嬉しかった」

ケリーの服をきゅっと摑み、続けて訴える。

「だから、辞めないでね」

無表情だけれど戸惑いを含んだケリーの眼差《まなざ》しがこちらへ向けられる。

「はい……」

相変わらず動きの見られないケリーの表情筋。

けれど私には、いつもよりほんの少しだけ、彼女の目が潤んでいるように見えたのだった。

※

同じ頃、城の王配教育から逃げ出し、王都の屋敷で寛《くつろ》いでいたロビンは再び不機嫌になっていた。彼の足下では部下の男が片膝をつき頭を垂れている。

「リリアンヌがナゼルバートの暗殺に失敗した上に、キギョンヌとアポーの阿呆《あほう》が捕縛されただってぇ？　マジで〜？」

「はい、今や辺境スートレナは完全にナゼルバートの支配下に置かれました。これ以上の手出しは難しいかと」

「全く、どいつもこいつも碌《ろく》な働きをしないんだから。俺ちゃん、激おこだよ〜」

いつものように皿に盛り付けられていたヴィオラベリーパイをぐしゃりと握りつぶし、指先に垂れたクリームをベロリと嘗《な》め取る。ここには口うるさいマナー教師もいない。

「ロビン様、辺境へ追いやったナゼルバートなどを構う必要はないのでは？　現状、王妃殿下並びに王女殿下の地位は盤石ですし、両公爵家も彼女たちを支持しております。辺境スートレナのようなド田舎では、さすがの仕事人形も領地を守るだけで手一杯でしょう」

「でも、俺ちゃんが手を貸したにもかかわらず、キギョンヌとアポーはあいつにやられた。なんだかんだで上手くいくナゼルバートが許せない。こっちはこんなにも苦労しているのに！」

部下は賢明にも無言を貫いた。「完全に自業自得だろう」とか、「あんたがいつなんの苦労をした？」などと突っ込めば、クビになるどころでは済まないからだ。

「あ～あ、王女の夫って意外と面倒だよね。王配教育とかマジイラネ」

ロビンは厳しい王配教育から一日も経たないうちに逃げた。

どうせ実権は王妃が握っているので、ロビンが政治的な何かを決定するわけではない。

したがって、何をする必要も感じられないのだった。

（傀儡《かいらい》上等～！　面倒な仕事は全部部下に投げちゃえばいいし～！　フゥ～ッ！）

自分は次期国王の父親という立場で贅沢できればいい。

「どうにかしてナゼルバートの奴に仕返ししてやりたいな。そうだ、最適な人材に心当たりがある～う。さすが俺ちゃん、情報通！」

いぶかしげに自分を見る、物わかりの悪い部下に伝える。

「王都で第二王子派とかいうわけのわからない集団が活動し始めたんだよね。王妃派に敵《かな》うわけがないし放っておいてもいいんだけど……面倒だから、全部纏めて片付けちゃお～っと！　というわけで、この家の者たちに連絡を取ってくれる？」

部下はますます、意味不明だという表情になった。

「第二王子に敵意を持っている奴らだよ。こいつらを焚《た》きつけて第二王子派もろとも、ナゼルバートに滅んでもらおう。俺ちゃんってば、天才！」

自分の命令に満足したロビンは、今度はミーアのご機嫌伺いのため、城へ出向く準備に取りかかる。できる男は多忙なのだ。

馬車に乗って再び城へ向かい、王女の部屋へ通されると、そこでは不機嫌顔のミーアが大きくなったお腹を抱え、頬を膨らませていた。

「ど、どうしたのかなぁ〜？　ミーア？」

てっきり喜んで自分を出迎えてくれるだろうと思っていたロビンは若干焦る。今、王女に見捨てられるわけにはいかない。

「どうもこうもありませんわ、ロビン！　自分の胸に手を当てて、よぉ〜くお考えになって？」

ロビンはしどろもどろになった。心当たりが多すぎる！

「わからないのなら、教えて差し上げますわ。マリーア、メイシー、ライラ、リリアンヌ……こう言えばおわかりになります？」

「ひょわっ⁉」

それは、ロビンの浮気相手である令嬢たちの名前だった。

「うふふ、心配しなくても手は打ちましたわ。全員、実家に圧力をかけて勘当させましたから。今頃は修道院でしょうね。まあ、それくらいでは許しませんけれど」

ミーアの瞳は嫉妬の炎に燃えていた。

（リリアンヌの件は俺ちゃんも把握していたけど、まさか恋仲になっていた令嬢全員を追い出しにくるとは……ミーア、こっわ！）

ロビンは未だ交際を続けている他の令嬢の顔を思い浮かべ、ぶるぶると震えた。

（しばらくは、女の子に手を出しにくい雰囲気かも）

王女の夫も楽ではないと肩を落とすロビンだった。

❺ 芋くさ夫人とタイツの弟

橙《だいだい》色《いろ》の太陽が大地を染め上げる夕暮れ、侯爵家の屋敷ではマイケル・エバンテールが力任せにテーブルを叩《たた》いた。

「ちきしょう！　クソが……！　まだ公の場への出入り禁止が解除されないなんて、このままでは、社交界で孤立してしまうではないか！」

おおよそ紳士らしくない態度を見て、通りかかった使用人たちが密《ひそ》かに震え上がる。

第二王子主催の集まりに参加して以来、全ての公式行事への参加を禁じられたマイケルは機嫌が悪いのだ。見かねて侯爵夫人のサマンサが声をかける。

「あなた、落ち着いてちょうだい、口が悪くてよ」

「黙れ！　当主に指図するな！　全部忌ま忌ましいアニエスと罪人野郎のせいだ！」

再度マイケルがテーブルを叩き、サマンサや使用人はビクッと体を震わせる。

そんな彼らの様子を物陰から見つめる小さな影が一つ。

――エバンテール家の跡取り息子であるポールは、息を潜めて嵐が過ぎるのを待っていた。

父マイケルは近頃、誰彼構わず当たり散らすようになり、それを見て以前は姉の存在が防波堤になっていたのだと悟る。尊敬できない姉だったが、父の怒りを一身に受け止めていたのだと知り複雑な気持ちになった。

第二王子のパーティーを追い出されたあと、ポールは貴族の集まりに親を伴わず参加するようになった。両親は依然として公の場への出入りを禁止されているが、まだ子供ということで同情されたポールは跡取りの立場もあり例外的にパーティーへの出入りを許可されたのだ。

王子のせいで家名に傷がついたため、早めに婚約者を確保しなければならない。

姉のように切羽詰まった状況に陥らないためにも、自分は早めに相手を見つけるのだとポールは意気込む。事前の手紙のやり取りのみ両親が行い、ポールは彼らの見繕った令嬢に声をかける算段だ。

初めてのパーティーは、社交デビュー前の子供が集まる小さな催しだった。

生まれて初めての同年代の集まりに、伝統的な正装に身を包むポールの気持ちは高揚する。

しかし、期待は早々に裏切られた。

「うわ、なんだよ。あいつの格好」

一人の貴族令息が、ポールを指さしながら馬鹿にした表情で声を上げた。すると、彼の友人であろう他の少年もクスクスと笑い出す。

彼らの目はポールのタイツに釘付《くぎづ》けだった。

「まさか、ズボンを忘れてきたのか？　タイツのままパーティーに参加するなんて」

失礼な奴《やつ》らだとポールは憤慨した。

「お言葉ですが、これは、エバンテール家の正しい装いです。ズボンなどというペラペラしたものを着る方がおかしいのですよ！」

「何言ってんだ、こいつ」

「僕の父もいつもこの格好ですし、親戚たちも皆、体のラインが出るタイツを愛用しています」

貴族令息たちはポカンと口を開けてポールを見つめた。

すると、偶然近くを通りかかった可愛《かわい》らしい令嬢が、微笑《ほほえ》みながら二人の貴族令息をたしなめる。

古きよき伝統的な化粧ではないが、美人で華のある少女はポールの婚約者候補だった。

「あなたたち、そんなことを口に出しては駄目よ。あれも貴族の正装なの」

彼女の言葉に、ポールの気持ちは一瞬浮上する。

(さすが、父上と母上が選んだ婚約者候補だ)

やはり、正しさがわかる者にはわかるのだと思った。けれど、次の一言で奈落に突き落とされる。

「といっても、百年くらい前の正装だけどね」

令嬢の言葉を受け、令息たちが面白そうに騒ぎ出す。

「そういえば、ひいお祖父様《じいさま》の肖像画があんな感じだった!」

「そうなのか。どうして百年前の格好を? 目立つためか? それとも露出趣味なのか?」

「違うわよ。あの人、エバンテール一族よ。風変わりで奇天烈《きてれつ》な外見は、エバンテール家の特徴なの」

「エバンテール家って……俺も聞いたことがある! 男は皆タイツで、女は化け物みたいな顔だとお兄様が前に言っていたぞ! しかも、当主と夫人は第二王子に無礼を働き、貴族の集まりに参加できなくなったとか」

「なんで、そんな一族の者がここに?」

「彼は子供で、婚約者を探さなければいけない立場だから、同情されて罰を免除されたのよ」

いてても立ってもいられなくなったポールは早足になり、混乱しながら彼らから離れる。

後ろでは三人組の笑い声が響いていた。

「あんなのが婚約者探しとか無理だろ、場違いすぎるじゃないか」

「そうね。エバンテール一族の仲間入りをするなんて絶対に嫌よね」

少女は自分の婚約者候補なのに、エバンテール家を馬鹿にする。ポールはわけがわからなくなった。まるで、今まで暮らしていた世界がひっくり返ったようだ。

自分は両親や親戚や侍従や使用人から常に褒められる完璧な人間だったはずなのに。

「なんで、どうして?」

同年代の子供たちは皆、「正しい装い」ではない。それどころか、親がいないのをいいことに、露骨にポールを侮辱してくる。

会場のどこを歩いても周囲の反応は一緒で、誰もが冷たくポールをあしらった。あんなに楽しみだったパーティーなのに、今は全てが色あせて見える。

ポールは唐突に姉の行動を思い出した。家にいた頃の彼女は、いつもエバンテール家の伝統的な装いを嫌がり、一つだけでも新しいドレスや靴が欲しいと母に訴え続けた。そして、化粧を薄くして欲しいと侍女に告げては却下されていた。

祖母の衣装があるのに、どうしてわざわざ安物を欲しがるのか、なんで薄い化粧にこだわるのかと疑問に思ったものだが、姉があんなにもエバンテール家に反抗的だった理由の一端を垣間見《かいまみ》た気がした。

けれど、彼女の意見を認めるのは愚かな貴族共に屈したように感じられて……ポールは自分を曲げられず、参加者を捕まえてはエバンテール式のよさを訴えた。

父や母が姉を罵り、エバンテール家の正当性を言い聞かせるときのように。

しかし、それはポールの孤立をより深めることにしかならなかった。

初めてのパーティーで大きな衝撃を受けたあと、ポールは社交の場に出るのが嫌になった。あんなに婚約に失敗し続ける姉を馬鹿にしていたというのに。許されないとわかりつつ、自分の婚約などもうどうでもいいと思ってしまっていた。

そんな情けない息子の姿を見て、厚化粧に重いドレス姿の母は言った。

「まあ、ポール。いつまでも過去の失敗を引きずらないで。セリーヌ嬢の件は残念だったけれど、初めてのパーティーだったから緊張したのよ。アニエスとは違ってあなたなら優秀だから大丈夫」

大丈夫なんかではない！　でも、母に向かってそんなことは言えないのだ。ポールは「優秀な跡取り」だから。

パーティーで散々馬鹿にされ、成果なく帰ってきたと正直に話すのはプライドが許さない。

そして、それが今後も続くであろうという事実なんて……尚更《なおさら》口にできなかった。

どうして、こんなにもみじめな目に遭ってしまうのか。

ポールは唇を噛《か》みしめ、自分の部屋へ走る。

途中で応接室の扉の前を通ると、誰か客人が訪れているようで、父の話し声と聞き慣れない男の声が響いていた。エバンテール家に親族以外の客が来るのは珍しい。

曽祖父の時代はひっきりなしに貴族たちが領地まで足を運んだが、現在は偉大なエバンテール家に遠慮して、火急の用事以外では屋敷へ押しかけない方針に変わったと父が言っていた。

あの無礼な姉は父の話を信じていなかったけれど、パーティーに参加したポールも昔のように両親の言葉をそのまま受け入れることに抵抗を感じ始めている。

中の会話が気になって耳を澄ませると、驚くようなやり取りが繰り広げられていた。

「全く、エバンテール家をないがしろにするとは、第二王子殿下はもう駄目だ」

「そうですよ、エバンテール侯爵閣下。我が陣営に鞍替《くらが》えなさってはいかがです？　多少、汚れ仕事に手を染めていただきますが」

「そうだな。宰相補佐を務めた祖父亡きあと、私の父は王妃殿下の一族に権力を奪われ辺境へ追いやられた。それ以降で我が家が手がける国の仕事は僅かな雑事ばかり。だから私は王女殿下ではなく第二王子殿下の派閥についた。しかし、第二王子殿下の無礼な行動には黙っておれん。所詮、地位の低い女から生まれた王子だ」

「では、我々にご協力いただけるということで？」

「ああ、ロビン殿に力を貸そうではないか。だが、私は公の場に姿を見せられぬ」

「そんなの、気にしなければいいのです。王族の命令といえど、力のない第二王子のものなのですから。彼の参加する催し以外なら問題ないでしょう」

「では、第二王子が出る場合はポールに……」

思いがけず自分の名前が登場し、驚くポールの心臓がバクバクと音を立てて激しく脈打つ。

「う、うわぁ……」

ポールは「無理だ！」と、怒鳴りたいのを堪《こら》えて首をすくめる。

ただでさえ、大勢の集まる場はこりごりなのに、第二王子が参加する催しでエバンテール家代表として出れば、状況は今より厳しくなるだろう。

前回のパーティー以上に辛《つら》い思いをするのは目に見えていた。

（そんなの、絶対に嫌だ！）

いても立ってもいられず、ポールは家を飛び出した。だが、どこへ向かえばいいのかわからず、屋敷の近くをうろうろ歩き続けることしかできない。

エバンテール家の治める領地は田舎だが、屋敷がある場所だけは小さな街が広がっていた。代々続く古びた飲食店や宿、雑貨屋や住宅がバラバラと建ち並ぶ通りを、まばらに住民が行き来している。

すると、人々の中を歩き回るポールに対して声をかける者が現れた。輝く金髪を風になびかせた、怪しげな商人風の男だ。

「おや、その格好はエバンテール家の方かな？」

「なんだ、お前は！　うさんくさい奴だな」

「うさんくさくない、うさんくさくない、私はただの流れの商人ですよ。ところで、何かお困りなのでは？　先ほどから同じ場所をぐるぐる回っておられるようですが」

「それは……」

ずっと自分が観察されていたとわかり、気まずさで視線を泳がせるポール。

そこへ、新たな人物がやって来た。赤みがかった髪を背中まで垂らした背の高い美女で、この領地では見かけない派手な衣装を身に纏《まと》っている。年は商人と同じくらいだ。

「ベル、そろそろ辺境へ出発するぞ。あいつらの動向は摑《つか》んだし、あとは部下に任せれば大丈夫だろ……って、その子供はなんだ？」

「ラトリーチェ、どうやらエバンテール家の息子のようだ」

「なぜ、そんなのがうろついているんだ。どうする？」

二人の会話を聞いたポールは、ラトリーチェの言った「辺境」という言葉が気になった。

この国で辺境と呼ばれるような場所は、姉の暮らすスートレナだけだ。

「お前たちは辺境へ行くのか？　もしかしてスートレナ？」

「……そうだが」

「連れて行ってくれ！　辺境に！」

必死に頼み込むポールを前に、ベルとラトリーチェはびっくりした様子で顔を見合わせる。

「金ならある！　他に手段がないんだ！」

ポールの知り合いは少なく、両親以外となると姉くらいしか思い浮かばない。不出来なアニエスに助けを求める気はないが、一言文句を言ってやらなければ気が済まなかった。

自分がこんな酷《ひど》い目に遭うのは、全部姉のせいなのだから。彼女がなんとかするべきだ。

「ほお、面白いな。ベル、連れて行こう」

響いたのは低くて落ち着きのある女性の声。

腕を組み、口の端をつり上げるラトリーチェの言葉を聞いてポールの心に光が差す。

「ナゼルバート……様に恨まれても知らないぞ、ラトリーチェ？」

「アニエス夫人はできた人物と聞いている。悪いようにはならんだろう」

しばらく考え込んだベルは、ややあって彼女に向かって頷《うなず》いた。

「わかった。子供だし大きな影響はないだろうからな」

そこでポールは二人組が、商人のベルと貴族令嬢のラトリーチェだと改めて聞かされる。

ベルはラトリーチェの親に頼まれ、彼女を辺境へ送り届ける途中らしい。

「ご令嬢がスートレナなどに行って何をするんだ？」

首を傾《かし》げるポールを前に、ラトリーチェは「スートレナで流行中のヴィオラベリージャムを買い付けに行くんだ」と告げた。

まともな貴族令嬢の行動ではないが彼女は気にしておらず、鼻歌を歌っている。

年頃の令嬢が一人で辺境へ出かけるなんて、エバンテール家では考えられないことだ。

「ところで少年、このことをご両親は知っているのか？」

ラトリーチェに質問され、ぐっと言葉に詰まるポール。

しかし、彼に変わってベルが快活な声で答えた。

「伝えているわけがなかろう、エバンテール侯爵が許可するはずがない」

事実、ポールは両親に何も知らせず、密かにエバンテール家を出ようと決めていた。

「とはいえ、領主の息子が急にいなくなれば周囲は心配するだろう。書き置きなどもしていないのか？」

「していないけど……あ、そうだ！」

ポールがピーと口笛を吹くと、屋敷の方角から伝書鳩《でんしょばと》のポッポが飛んできた。

ポッポは友達がいないポールの大事なペットで、一緒に空中を散歩する仲間だ。

「お願いだ、ポッポ。この手紙を父上のところへ運んで欲しい。足に結びつけておくから」

「ポポポポポーッ！」

「頼んだぞ」

ポールの書いた手紙を託されたポッポは、元気よく屋敷の方向へ飛び去る。

そのあと、ベルとラトリーチェは親切にも、ポールを辺境スートレナまで運んでくれることになった。

ベルの魔法は「収納」というとても貴重なもので、荷物は全部魔法で管理できるらしい。「収納」の中には自分自身も入れるそうだ。身を隠す必要がある際に役立つという。

そして……あろうことか、ベルは収納から騎獣を二頭取り出し、ポールに乗れと言ってきた。

「辺境付近以外で騎獣に乗るのは違法じゃないか！」

「馬車で行ったら馬鹿みたいに時間がかかるだろ。こいつはちゃんと訓練されているから大丈夫だって」

ラトリーチェは早くも騎獣にまたがり手綱を引く。青灰色に波打つたてがみの美しい見事な天馬は、ポールを見ると「フヒンッ」と小馬鹿にしたように鳴いた。

「なっ……」

「ポール様、あなたは私と一緒に乗りますよ。ラトリーチェの操縦は荒くて危険だ」

騎獣を叱ろうと動いたポールの腕を後ろからベルが引いて、もう一頭の黒い天馬に乗せる。

「それでは出発！」

ベルの合図で天馬たちは空へといっせいに駆け出す。

猛スピードで羽ばたく天馬に乗るなど、ポールにとっては恐怖体験でしかなかった。

しかし、暴れまくるラトリーチェの天馬よりベルの天馬の方が遥《はる》かにマシだ。

そうして、通常よりもかなり早く、ポールは辺境ストーレナの中心街へ到着したのだった。

ベルたちはポールを領主の屋敷の前に降ろし、いずこかへと飛んで行く。

残されたポールは空中に浮きながら、目の前にそびえ立つ屋敷の門を睨《にら》み付けた。

※

エバンテール家の当主、マイケル・エバンテールは激怒した。手には、息子のポールが書いた手紙が握られている。

『父上、母上。このたび思うところがあって、一度家を出ることにしました。姉上の所へ向かう予定です。それから、第二王子殿下に恥をかかされたからと言って、悪事に関わるのはおやめください。由緒正しきエバンテール家の名が泣きますよ』

妻のサマンサは、息子がいなくなった事実を受け入れられずに狼狽《うろた》えた。マイケルも、手紙の内容そのものが理解できない。

「嫌ぁっ！　ポールが家出なんて、嘘《うそ》よー！　しかも、アニエスのところに行くなんて冗談じゃないわ！」

「うるさい。黙れサマンサ、殴るぞ！」

息子の失踪により夫婦仲は以前にも増して険悪になり、侍女や使用人たちは離れた場所で震えていた。

「ポールを連れ戻す」

マイケルの言葉に屋敷の他の住人はただ頷くことしかできない。サマンサも慌ててマイケルに同調する。

「そうよね、辺境で悪い影響を受けてはいけないわ。ポールはエバンテール家復活の要なのですから、ぜひロビン殿の計画に協力してもらわないと。あの子は何か勘違いしているけれど、話せばきっとわかってくれるはず」

今ここには、スケープゴートのアニエスはいない。

彼女の犠牲があったからこそ、今までかろうじてこの家は回っていたのだと、この期に及んでマイケル以外の全員が理解した。

「……にしても、人身売買に加担しろなんてロビン殿も無茶を言うわ」

「王妃の陣営に入る踏み絵ならば甘んじるしかないだろう。自分の浮気相手を売り飛ばし、関係を清算するなんて、現金な次期王配殿だと思わなくもないが……身持ちの悪い令嬢には似合いの末路かもしれん」

「ええ、王女殿下の婚約者に手を出すなんて淑女の風上にも置けないわ」

「かなりの数の令嬢が勘当されているが」

「あまり考えないことにしましょう。我が家の復興のためよ」

マイケルの祖父、かつてのエバンテール家当主のルイは優れた政治的手腕を持つ人物だった。地方領主にもかかわらず宮廷内でのし上がり、宰相補佐になったエバンテール家の星だ。

その時代のエバンテール家は栄華を極め、他の貴族から賞賛され、陛下の覚えもめでたかった。

当時は幼かったがマイケルは覚えている。ほとんどの貴族が子供の自分に跪《ひざまず》いた、あの快感を。

しかし、祖父が他界したあと、世襲した父の代でエバンテール家は一気に傾いた。なぜだかわからないが、誰からも父のいい話を聞かなくなったのだ。

それどころか一部の貴族は父を「声と態度だけが大きい、失策続きの無能」などと馬鹿にし、マイケルたちを王宮から追い出した。その後、エバンテール家は大人しくほぼ領地運営だけで暮らすようになる。

生まれたときからチヤホヤされて育ったマイケルにとっても屈辱的な出来事だった。

領地に追いやられたせいで父と母との仲もギクシャクし始め、祖母もおかしくなってしまった。

母は政略でエバンテール家に嫁いだ格上貴族の令嬢で、祖父の功績を見込んだ母の実父が、繋《つな》がりを持とうと送り込んだ娘。しかし、夫は王宮から厄介払いされたため、嫁ぎ先が力を失ってからの母は「こんなはずではなかった」と、いつも不満を口にするようになった。

祖母は祖母で、祖父と同じように動けば、きっとまた王宮で宰相補佐の地位に就けると信じ、母と共にエバンテール家の決まりを作り始めた。それが、彼女の生きがいだったのだ。

そして、エバンテール一族はお家復興のため、一丸となり祖父の真似《まね》を始める。彼と同じ古きよき教育を受ければ宰相補佐に返り咲けるのだと信じながら、マイケルは屈辱的な日々を送った。

けれども、そんなエバンテール家を奇異の目で見るけしからん貴族も多い。彼らはエバンテール一族の力を恐れているのだとマイケルは確信していた。

エバンテール家の家訓は、自身の子供にもしっかり教え込む必要がある。自分の代でなしえなくても、息子ポールの代では必ず王宮へ上がりたい。

そして、陛下や宮廷貴族たちに再度エバンテール家の素晴らしさを知らしめるのだ。

自慢のタイツをきゅっと引き上げ、マイケルは妻に指示を出す。

「サマンサ、用意ができ次第スートレナへ向かうぞ」

「はい。それにしてもポールったら、どうやってスートレナに行くつもりかしら」

「アニエスや罪人共が手を貸したに違いない！　訴えてやる！」

自分が任された悪事を棚に上げたマイケルは大声で吠《ほ》えた。用意された伝統的な古くさい馬車に乗り、夫婦でガタゴトとエバンテール家を出発する。

ゆっくりとしか動かない旧式の馬車では、辺境に辿《たど》り着くのに相当な日数がかかってしまいそうだった。

※

商人ベルことベルトラン殿下の正体が発覚して一月後――

辺境スートレナは雨期で、気温も高く絶好の水浴び日和が続いていた。

プールではしゃぐジェニとダンクの機嫌はいい。

私――アニエスもプールに入り、騎獣たちと一緒になって遊んでいた。今着ているのは、ほとんど露出のない水着だ。

「ジェニもダンクもいい子でちゅね～！　あらあらダンクったら、ものすごい勢いでプールの水を飲んじゃって」

すっかり落ち着いた魔獣のダンクは食欲旺盛な女の子で、檻《おり》の外に出してからは一日中庭の雑草を食べたり庭を流れる川の水を飲んだりしている。新月の日は荒れていたものの、本来は大らかで人なつこい性格のようだ。

畑の植物の生長も乾期より速く、スートレナの食料事情はめまぐるしく改善され続けている。

プールでジェニたちと遊んでいると、砦《とりで》からコニーがやって来た。彼はダンクを騎獣にするための訓練士として、魔物討伐の仕事がないときは屋敷を訪れている。

ダンクも暴れることなく、コニーには素直に従った。今も嬉《うれ》しそうに彼に水をかけており、コニーは全身びしょ濡《ぬ》れだ。

濡れ鼠《ねずみ》になったコニーは、戸惑う私を見て何かを思い出したように口を開く。

「そういえばアニエス様、先ほど屋敷の前に不審者がいましたよ。子供で害はなさそうでしたけれど、新手の露出狂のような格好で空中に浮いていたので、とにかく不気味で……」

「不審者ですって？　屋敷には通いのメイドさんもいるし、露出狂だったら問題ね。追い返してきます」

子供なのに今からそんな真似をするなんて将来が心配だ。

上着を羽織って門へ向かうと、筋トレ中だった護衛のトッレも「お供しますぞ～！」と言ってついてきた。

「アニエス様、危険ですから俺が先に出ます。空中に浮いているなんて得体が知れん輩《やから》ですぞ」

「きっと魔法ね、同じような使い手が身内にいるの。弟で……ん……？　んん？」

――どうしましょう。

空中に浮いている、露出狂のような格好の子供に、とても心当たりがあるような。

「トッレ、相手は子供なのだから、いきなり乱暴するのは駄目よ」

「わかりました！　三秒待ちましょう」

「せめて、もう少し猶予を！」

言いながら門を出ると、件《くだん》の子供が浮かんでいた。空中浮遊の魔法は使えるものの、門を飛び越えるほどの高度は出せない模様。

子供は私を見ると、スウッと水平に宙を移動してくる。うーんデジャヴ。

「できれば予想が外れて欲しかったけれど、駄目だったわね」

私と同じ髪色に目の色、マッシュルームヘアに白タイツの少年は、ポール・エバンテール。今年で十二歳になる私の弟だった。

彼は伯爵令息ヤラータのパーティーで会ったときと同様、ねめつけるように私を見下ろす。

「相変わらず恥知らずな姿ですね。まるで痴女のようだ」

魔獣たちと水遊び中だったので、私は水着に上着を羽織っただけの格好だ。しかし……

「あなたにだけは言われたくないわ」

不審者に間違えられた、白タイツ姿の弟に指摘されるのは嫌だ。

せめて上に短いズボンでも穿《は》いてくれればいいものを、父も弟も白タイツだけ身に着けて出歩くのだから。

「それにしても、ポールはどうして辺境にいるの？　お父様とお母様は？」

問いかけると、彼はきゅっと唇を引き結んだ。

「……だ」

「なんて言ったの？」

「お前のせいだ！　お前が家を出て行ったせいで全部がおかしくなったんだ！」

叫ぶなり、弟は私に飛びかかってきた。白タイツが目前に迫りあわやというところで、トッレが私たちの間に割って入る。

「よくわからないが、アニエス様を守ーるっ！」

トッレは勢いよくポールに体当たりした。そして、ポールは護衛の渾身《こんしん》のタックルにあらがえず気絶し、あえなく捕まってしまったのだった。


地面に伸びた弟を客室へ運んでもらい、ほとぼりが冷めた頃に様子を見に行く。

窓の外を見ると、ジェニとダンクは水浴びを終えており、小屋で居眠りしたり草を食べまくったりとのびのび過ごしている。自由な姿が愛らしい。

（気が重いけれど、そろそろポールも起きているわよね？）

客室の扉を開けると予想通りポールは目覚めていて、物憂げに部屋の天井を見つめていた。

独特の丸みを帯びた白銀色の髪に、エバンテール家の男性が身に着ける衣服はそのままだ。

メイドさんに彼の世話を頼みたいところだが、先に今の格好をなんとかさせた方がいい気がする。

考えていると、ポールが私に気づいた。まだ憤慨しているようだが、先ほどのように詰め寄っては来ない。

（私が家を出て行ったせいと言われても、一方的に勘当されたのだからどうしようもないのよね）

エバンテール家と距離を置けて、今は勘当してくれた父に感謝したいくらいだけれど。

「ポール、どうしてストレナにいるの？　どうやってここへ？」

「うるさいな、何をしようと僕の勝手だし、これはもともと姉上のせいなんだ！　姉上が勘当されるような真似をしたから！　う、ううっ……もう嫌だ」

「えっ……？」

怒鳴るポールの目から、涙がぽろぽろ溢《あふ》れてタイツを濡らす。いつも強気だった弟の泣き顔を前に、私はひたすら困惑した。

「何があったの、ポール？」

しかし、ポールは憮然《ぶぜん》として口を割らず、赤い目でこちらを睨み付けるだけだ。

どうにもならず困っていると、ちょうどナゼル様が帰ってきた。

「どうしたの、アニエス？」

「ナゼル様。弟が屋敷を訪ねてきたのですが、訪問理由を教えてくれない上に泣き出してしまって」

信頼のある姉弟同士なら、こういうとき相談し合えるのだろうが、私とポールの間にそんなものはない。自分の不甲斐《ふがい》ない姉ぶりを今更ながらに後悔した。

「わかった、俺に任せて」

ナゼル様は両手で私の両頬を包み込み、優しく微笑む。

「ですが、ナゼル様にエバンテール家の問題を押しつけるわけにはいきません！」

「いいから、いいから。アニエスは部屋に戻っていて。こういう場合は案外他人が介入した方が上《う》手《ま》くいくときもある」

ナゼル様は私を宥《なだ》めるように、ポンポンと肩を叩いて言った。

「……ありがとうございます。困ったことがあればすぐに呼んでください」

「うん、了解」

廊下に出た私は悶々《もんもん》としながら自室に向かう。あんな状態の弟をナゼル様に任せてしまい気が気でなく、とぼとぼ歩いていると仕事中のケリーと遭遇した。

「アニエス様、どうされました？」

「実は……」

私はポールやナゼル様のことを彼女に伝えた。

「それでしたら、私にお伝えくだされば対処できましたのに」

「タイツ姿だし、女性には見せない方がいいと思ったの」

「大丈夫ですよ。他の使用人はともかく、私は弟たちの世話で慣れていますから」

「そういえば、ケリーは大家族の長女だったのよね。それじゃあ、あとでポールの着替えをお願いできるかしら？」

「ええ、もちろん。食事も私が持っていきます」

「ありがとう、とても助かるわ。私が心を開いてもらえるような姉だとよかったのに」

「実の弟なんて、そんなものですよ。うちも家族仲がよいわけではありませんでしたから。ナゼルバート様の対応は正しかったはずです」

ケリーは私を部屋まで送り届けると、ポールの着替えを用意すべく動き始めた。彼女のセンスは確かなので安心して任せられる。きっとタイツ姿さえ卒業できればポールも素敵に変身できるだろう。

私は素直に頷き自室の扉を開け、クッションの利いたソファーに腰を沈めた。

(それにしても、誰がここまでポールを連れてきたのかしら？)

両親が一緒かと思ったが、閉鎖的なエバンテール家はむやみに他領へ出かけたりしない。

(かといって、あの子が一人でスートレナへ来たとは考えられないし、彼に手を貸すような使用人もいないだろうし)

考えれば考えるほどに謎は深まるばかりだ。悶々としていると、ポールと話し終えたナゼル様が部屋に入ってきた。すぐにソファーから立ち上がり彼を出迎えるが、ナゼル様は私を横抱きにしてソファーに戻ってしまう。

(こ、この体勢は。またナゼル様の膝の上にお尻を乗せてしまったわ！)

彼の太股《ふともも》に横を向いた状態で座らされ、そわそわと心が落ち着かない。

私は弟の話で羞恥心を消そうと思った。

「あの、ナゼル様、ポールのことですが……」

「話は聞いてきたよ、彼も様々な悩みを持つお年頃だね。社交の場に出るようになり、エバンテール家内と他との環境の差に戸惑っている」

「つまり、エバンテール家の方針に疑問を持ち始めたということですか？」

「うん。でもまだ葛藤があるみたい」

「素直に両親に従っていたポールが、家の方針に疑問を抱き始めるなんて……」

「だからこそ、今まで散々罵ってきた君には話せなかったんだろうね」

パーティーを出禁にされたエバンテール家だが、弟だけはのちに出禁を免除されたらしい。そして、貴族の集まりに顔を出したところ、彼も過去の私と同じような目に遭ったのだとか。

「ポールは『姉が勘当されたせいで全てがおかしくなった』と、君に責任を押しつけたいようだけれど、それは違うと伝えておいたよ。誰かのせいにしなければ、今までの自分が否定されたことに耐えられなかったのかな」

「ナゼル様……いろいろすみません。ありがとうございます」

私は横座り状態のまま、頼りになる夫を見つめる。

なんて優秀な相談員ぶりなのだろう。やはり、彼は何をやっても完璧にこなしてしまう。

「それから、ポールをここへ連れてきたのは、話を聞く限りベルトラン殿下とラトリーチェ様のようだ。殿下は奥方まで巻き込んで、まだ商人ごっこを続けているらしい」

「ラトリーチェ様って、王子妃殿下ですよね？」

彼女は献身的に病弱な夫を支える妻として評判だ。社交の場に出ることはないが名前は聞いたことがある。

「そう、ベルトラン殿下の妻で、甲斐甲斐《かいがい》しく夫の世話をする心優しい女性……と噂《うわさ》されている王子妃だ。でも、殿下と同じくなかなか癖の強いご夫人みたいだね」

「ベルトラン殿下の奥様ですものね。ポールが一人でここまで来られるわけがないので疑問だったのです。変な相手に利用されたわけではなくてよかった……しかし、肝心の殿下はいずこへ？」

「俺にもわからないが、この調子だとまた顔を合わせるかもね」

常識破りの第一王子の話をするとき、ナゼル様はいつもどこか遠い目になる。

「それから、ポールの話で少し気がかりなことがあるんだ。エバンテール侯爵にロビンの使者が接触したらしい」


あれから数日――ナゼル様に心を開いたポールは、彼に様々なことを伝えた。

その中の一つに、ロビン様とエバンテール家が組む動きについての情報があり、ポールも片棒を担がされそうになっているとのこと。

「第二王子殿下や私たちに対する逆恨みでしょうか、あの人たちは悪い意味でプライドが高いから。影響力はさほどないですけど」

「ポールの処遇も考えなければね。伝書鳩に手紙を託して出てきたらしいから」

「弟がご迷惑をおかけしてすみません。とりあえず私の方で対処します」

「エバンテール家に連絡するよう伝えたのだけれど、ポール本人が嫌がっているんだ」

「このままだとナゼル様や私が誘拐犯扱いされかねません。いずれにせよ連絡だけでも入れておくべきでしょう」

家に戻りたくないなら、ポール自身の口から家出の理由と彼の要望を話させなければ。

今は向こうもこちらも領主同士、きちんとやり取りをする必要がある。

「両親とは連絡を取りたくないですけど、そうも言っていられません。私はスートレナの領主夫人なので」

ポールに手紙を書かせなければ、貴族同士のいざこざが発生してしまう。ただでさえ険悪なのに。

「問題は、ポールに話が通じるかだけれど」

私が行けば、また彼がへそを曲げるかもしれない。

「かくなる上は力ずくで……」

悩んでいるとケリーが声をかけてきた。

「アニエス様、まずは私にお任せください。お世話で話す機会が増えましたし、ついでにお願いしてみましょう。ご心配には及びませんよ、魔法を使いながら対処しますので」

頼もしすぎる発言をして去って行くケリーは、とても格好よかった。

それから、ケリーによる説得が始まった。最初は渋っていたポールだが、次第に彼女に心を開き、絆《ほだ》され……ついには、頼みを聞き入れて両親宛に手紙を出した。

（さすがケリー、頼もしいわ！）

私は読ませてもらえなかったが、手紙を確認したナゼル様曰《いわ》く、家を出た理由や辺境まで辿り着いた経緯、自分の気持ちやスートレナに留《とど》まりたい旨が書かれていたらしい。結果はわからないが、筋は通せたのでよしとする。

そして、ポールが来てから数日が経《た》ち、彼の行動にも変化が見えた。

家から着てきた衣類を洗濯する間、着るものがなかったのでズボンを穿き始めた結果、彼はタイツ姿を卒業したのだ。弟は白タイツよりケリーが手配したズボンを選んだ。

服装を変えたポールは年相応の少年貴族に見え、ケリーの手配したセンスのいい服に身を包んだ姿は女性受けしそうな感じだ。さらに、移動の途中で壊れたらしい昔ながらの丸眼鏡も、お洒落《しゃれ》なフレームに買い換えている。祖父が着用していたフレームは、子供のポールには縁が大きすぎると私も常々思っていた。

(この変身ぶりは、まるで以前の自分を見るようね)

両親から返事が来るまでの間、ポールはゆっくりとだが辺境での生活を満喫し始めた。庭を散歩したり、恐る恐るダンクやジェニに触ったり、「筋肉男」と言って怖がっていたトッレと仲良くなり一緒に筋トレをしたり……。

私に対しては前と同じ態度だけれど、エバンテール家の方針云々《うんぬん》は言わなくなった。

彼も自分なりに考え、前に進もうと足掻《あが》いているのかもしれない。

(問題はエバンテール家の両親だわ。大人しくポールの好きにさせるとは思えない。きっとここまでやってくるはず。そして、来たらきっとなにか問題をおこすのよね……)

懸念通り、しばらく経ったある日、エバンテール家から招かれざる客がやって来た。

門前で怒鳴る、二人の見覚えある人間は紛れもなく父と母。奇抜な格好で現れた二人を、通りすがりの人が遠巻きに眺めているのがいたたまれない。

（大丈夫、この日のために準備してきたのよ）

彼らが辺境スートレナへ来るのはわかっていたので、こちらも対策を立てている。ナゼル様が商人ベルことベルトラン殿下とレオナルド殿下を呼び寄せ、彼らを説得すべく待ち構えていた。豪華すぎるメンバーだけれど、今回はとある理由により二人が動いてくれたのだ。彼らは屋敷の中で待機している。

両親を出迎えに出てきた弟のポールは緊張感を露《あら》わにし、トッレの後ろに隠れていた。今の彼はタイツスタイルではない。辺境へ来てからエバンテール家らしい装いはなりを潜め、すっかり他の貴族の子供のようになった。

父マイケルは、太った体を門の隙間にねじ込み、強行突破を試みているようだ。

（そんなことをしなくても少し待ってくれれば開けるのに）

エバンテール家の人々は総じてせっかちである。

「あー、タイツが門に引っかかった。お父様、暴れないで」

私は慌てて門前へ駆け寄った。強引に動こうとすればタイツが破れてしまう。走ってきた私を見て父は目に怒りを宿す。そして、「けしからん！」と叫んで暴れ出した。

「ああっ！」

止める間もなく父の白タイツがビリビリビリッと音を立て、肌色が露わになる。

（久しぶりの再会がこれだなんて、酷すぎるわ）

破れたタイツを気にせず、門に挟まったまま父はまくし立てた。

「遅い、アニエス！　お前はまともな出迎えもできないのか！　さっさと来ないせいで、タイツがこんなことになってしまったじゃないか！　どうしてくれる！」

「そうよ！　父親に恥をかかすなんてとんでもない娘ね！　一族の汚点だわ！」

母まで私を責めるけれど、連絡もせず突撃してきたのはエバンテール家側だ。

こちらが予《あらかじ》め備えていたからよかったが、場合によっては全員留守なんてこともあり得たのに。

父の言い分は昔からめちゃくちゃだ。機嫌が悪くなったからと、ただ周りに当たり散らして発散させるだけ。

昔は私自身が駄目なのだと思い込み、落ち込んだこともあったけれど、父の行動の大部分に論理的な理由などないのだとわかった。今も感情のまま喚《わめ》き散らしている。

「この人さらいめ！　ポールを返せ！」

トッレの後ろから顔を出したポールはビクリと体を震わせた。そんな息子の姿を見て母が叫ぶ。

「まあ、ポール！　なんて下品な格好なの!!　タイツはどうしたの！」

エバンテール家の実情を知らないトッレが、「一言目がそれなのか」と言って固まる。

(耐性のない人が「タイツはどうしたの！」なんて聞いたらびっくりするわよね)

トッレは同情に溢れた目でポールを見ている。

一瞬ひるんだポールだが、キッとりりしく顔を上げて母の方を向いた。

「手紙にも書きましたが、僕はエバンテール家の衣装を卒業します！　今後、白タイツは穿きません！」

「なんですって！」

ポールの決意を前に母は目を丸くして金切り声を上げた。

「今どき百年前の衣装を着ている貴族令息は僕くらいです。もちろん伝統的な衣装も大事ですし、優れたデザインは後世に残すべきですよ。しかし、僕のタイツは違う！　外を歩くにはただ恥ずかしいだけなのです！　パーティーでも変質者扱いで大恥をかきました！」

「なんてことを言うの!?　ご先祖様に申し訳ないと思わないの!?」

恐慌状態の母と異なり、ポールはあくまでも冷静に言葉を紡ぐ。

「ご先祖様と言いましても、母上が指しているのは、ひいお祖父様の代からでしょう？　しかも、お古のタイツは長年着続けたせいで破れそうですし、大きすぎて僕の体形に合いません。ついでに詰め物も大きすぎます！」

ポールの言葉を聞いて私はハッとなった。

父や弟の下着には股の部分に詰め物がされている。昔はたくさん詰めれば詰めるほど素敵で、股間を大きく強調すればするほど見栄えがいいという謎の風習があったらしい。

詰め物の上からリボンを巻き始める者や、宝石を付ける者までいたそうだ。

「どうしてしまったの！　ポール、しっかりしてちょうだい！　アニエス、あなたが何かしたのね！」

母はキッと私の方を睨み付けた。

「ポールに悪い影響を与えたんでしょう！　そんな安っぽいドレスを着て、伝統的な化粧を放棄して、恥ずかしいとは思わないの？」

「思いません」

静かに答える私。何度聞かれても同じだ。

ポールも話を再開した。

「僕はタイツを穿きませんし、エバンテール式のやり方には賛同できません！」

母だけでなく、ようやく門から脱出した父も驚きながらポールの方へ歩いて行く。

ただし、彼は引っかかったタイツを無理矢理引きちぎったため、太股が丸見えになっていた。見てはいけないし、見たくもない。

「何を馬鹿なことを言っている！　ポール、家へ帰るぞ！」

強引にポールの腕を摑み引っ張っていく父だが、ポールは足を踏ん張って抵抗した。

トッレと一緒にやった筋トレの成果か、かなり健闘している。

「僕は戻らない。何も考えずに百年前の古いしきたりを遵守するだけの家なんて嫌だ！　それに、父上と母上が悪事に手を染めたのも知っているんだ！　僕は絶対に加担しない！」

「なっ……！」

なぜ、それを知っているのか。どうして私やナゼル様の前で口に出してしまうのか。

父の言葉からはそのような非難が読み取れる。

「ここで、いろいろな人の話を聞いて理解したんだ。二人がやろうとしているのって、未婚令嬢の人身売買なんでしょう？」

ポールの話は事実で、すでに数件検挙もされているらしい。

ロビン様はリリアンヌ以外にも様々な令嬢に手を出しており、そのたびに王女殿下が嫉妬で令嬢の実家に圧力をかけている。リリアンヌがナゼル様の暗殺に失敗したため、追い出されて行き場を失った令嬢を悪事に使うことは止《や》め、捕らえて売り飛ばす方針に変えたようだ。

醜聞隠しの意図もあるし、簡単に関係を清算できるからだろう。

（ここまで来ると、さすがに王女殿下も事態を把握している可能性が高いわよね）

デズニム国の法律では人身売買は禁止されている。知りながら見て見ぬふりをしているなら、彼女もロビン様と同罪だった。

そして、もちろん、彼らに加担し始めた私の両親もだ。

「ポールは黙って我々に従えばいいんだ！　功績を残せばエバンテール家は王宮に返り咲ける！　私はお前のためを思って言っているんだぞ！　辺境へ来たのも、アニエスたちに連れ去られたからだろう？」

「功績とは、令嬢の売買に加担することですか？　そんなのは功績じゃない、どうしてわからないんだ？　今ならまだ引き返せる、第二王子に敵対するのはやめましょう。それに、ここへ来たのは僕の意志です！　全部手紙に書いたとおりなんです！」

「うるさい！　子供の分際で指図をするな！」

父の振り上げた拳がポールを襲おうと迫ったそのとき、屋敷の中から二人の男性が出てきた。今日のことを予想して屋敷に滞在していたベルトラン殿下とレオナルド殿下だ。二人が並ぶと、よく似ていることがわかる。

「騒がしいな。僕の目の前で暴力沙汰はやめてもらおうか」

いるはずのない天敵の声を聞き、さすがの父も腕を振り上げたまま硬直した。

「……レオナルド殿下」

「そうだ。どうした？　僕が現れたのが意外だったか？　都合が悪かったか？」

両親はベルトラン殿下の顔を知らないので、レオナルド殿下を見て驚いている。

「ラトリーチェ義姉上の調査で、お前たちが人身売買に手を貸したという報告はすでに来ている。修道院から横流しするルートも見つかった」

「なんのことだ！　身に覚えがないぞ！　それに、ラトリーチェ様は第一王子殿下につきっきりのはずだ！　そんな時間はないだろう！」

動揺の激しすぎる父の動きが、諸々《もろもろ》の悪事が事実だと物語っていた。ここへ来る前に、いろいろしでかしてしまったらしい。まだ両親が手を染めていなければいいと密かに願っていたが、すでに悪事に手を染めてしまったのなら、無罪というわけにはいかない。

嵌《は》められたのではなく関与した証拠まで上がっているので、エバンテール家取り潰しの危機でも私にできることはない。

ベルトラン殿下は、「罪を問いただされた際の反応がわかりやすすぎだ」と、呆《あき》れたようにため息をついた。

「ロビンたちに唆されたようだな、王宮へ戻って重要な地位に就けるとでも言われたか？　返り咲けると本気で思っていたのか？　あいつにとってお前たちは、ナゼルバートへの嫌がらせ用の駒だ。令嬢たちと同じく使い捨てのな」

そう言って、レオナルド殿下は私の方に目を向ける。

「両親を捕えるが、いいか？」

「仕方がありません。令嬢の人身売買は罪ですから」

レオナルド殿下がスートレナ領主宅へ来ていた理由、それは私の両親を捕縛するためだった。ここで待機すれば、確実に身柄を拘束できると踏んだのだという。

ポールも神妙な顔でレオナルド殿下を振り返る。

「どうぞ、連れて行ってください」

「うむ、協力に感謝する」

母はわけがわからないという風に右往左往し、父は逆上して外に待機していた私兵を呼びつけた。

「お父様、やめてください！　殿下に兵を向ける気ですか？　反逆罪でさらに罪が重くなります！」

ポールが慌てたように声を上げる。

「うるさい、跡取りとしての自覚がない裏切り者め！　お前もアニエスと同じで、エバンテール家の恥だ！」

エバンテール家の兵士が大勢、門の中へなだれ込んでくる。

けれど、私たちは動じなかった。これも想定内だったのだ。

待っていましたと言わんばかりに、我が家の庭の奥から、複数の天馬のいななきが上がる。

「お前ら、出番だぞ！」

勇ましい女性の声を筆頭に、天馬に乗った集団が空を駆けてきた。王子妃のラトリーチェ様と、彼女率いる実力派の近衛《このえ》たちだ。

実はラトリーチェ様はスートレナ領が接している隣国ポルピスタンの王女で、国にいた頃は武闘派で名を轟《とどろ》かせた方らしい。うちの国での評判は、「寝たきりの第一王子を献身的に介護する心優しき王子妃」というものなのだけれど。

突然の騎獣の襲撃に泡を食ったエバンテール家の兵士が叫び声を上げて逃亡する。辺境以外の人間は、魔獣や騎獣を目にする機会が少ないため、耐性がないのだ。

父も母も奇声を発して門の外へ逃げ出した。全力疾走する父のタイツの穴は広がり続け、ほとんど衣服の形を残していない。

（やめて、もうそれ以上は犯罪だわ！）

後ろにいたナゼル様がささっと駆け寄り、後ろから手を伸ばして私の目を塞ぐ。

「アニエス、危ないから先に屋敷へ戻ろう」

「はい、ナゼル様……きゃっ」

くるりと後ろ向きに引っ張られた私は、おもむろに体を持ち上げられた。

そうして、最近のナゼル様のお気に入りである前向き抱っこで、二人の殿下の生ぬるい視線を受けながら連れ帰られてしまったのだった。

その間、背後からはまだ父や母の悲鳴が聞こえていた。

人身売買に関与した父と母はラトリーチェ様によって捕縛され、レオナルド殿下によって連れ帰られた。今後は事情聴取が待っている。

強気な父や母も、騎獣を従えたラトリーチェ様と近衛の皆さんを前にしては、ただぶるぶると震えているだけだったとか。

屋敷に残ったベルトラン殿下とラトリーチェ様は、諸々の事後処理が済んだあと、難しい顔で私やポールに話しかけた。ずっとナゼル様に抱っこされたままの姿勢だけれど、誰からも突っ込みは来ない。慣れって恐ろしい。

「残念だがエバンテール家は、おそらく取り潰されるだろう。というのも、君たちのご両親以外にも多数の親類が事件に関わったからだ。エバンテール家の治める領地でも若い女性がいなくなる事件が相次ぎ、調べてみたところ、まとめて売られそうになっているのが発見された」

ベルトラン殿下にラトリーチェ様も頷いた。

「ポールが跡を継ごうにも、まだ十二歳で領地経営の知識がないだろう。他の人物を据えれば、エバンテール家の地位はそちらに渡ってしまう。その人物に娘がいれば君と婚約させればいいが、そう上手くいくかどうか」

仮に娘がいても、親が成長したポールに実権を返してくれるとは限らないし。今の世間知らずなポールでは、とても太刀打ちできないわよね。

「……というわけで、提案があるのだが」

ラトリーチェ様がポールを見据えて口を開いた。

「ポール、隣国ポルピスタンへ留学してみないか？　現在、ポルピスタンでは将来有望な他国の貴族子弟を募っている。私が君の後ろ盾になろう」

しかし、ポールは慌ててラトリーチェ様に告げる。

「そこまでしていただくわけにはいきません！」

「私の影響力はこの国では薄いが、あちらではそれなりの待遇が受けられる。これからエバンテール家への風当たりは強くなるから、ほとぼりが冷めるまで勉強も兼ねて隣国へ行ってみるのも悪くないと思うのだが？」

「たしかに、僕には帰る場所がありませんけど」

「ストーレナに残って、領主一家を手伝うという選択はありだぞ？」

考え込むポールは、やがて顔を上げてラトリーチェ様を見た。

「留学、させてください……お願いします。狭い世界の常識を信じて生きてきた僕は、とても世間知らずだと、今回の件で痛感しました。もっと世の中を知りたい」

「決まりだな、手配は本国にいる弟に任せよう。帰ってきたら、ベルを支えてやってくれ」

「ありがとうございます。必ずや、ベルトラン殿下とラトリーチェ様のお役に立ってみせます」

ラトリーチェ様と彼女の同母弟は仲がいいらしい。

「私からも、ありがとうございます、ラトリーチェ様」

弟が世話になるので、私もお礼を言った。

「構わんさ。スートレナとは友好な関係を築きたいからな」

こうして、弟ポールの留学が決まった。

「それはそうと、私はアニエス夫人と仲良くしたい。王妃が幅を利かせているせいで、なかなか親しい貴族女性がいなくてな。こんな性格だし……」

照れながら話すラトリーチェ様の言葉を聞いて胸が高鳴る。

「ぜひ！　わ、私も！　貴族女性の友達がいないんです！」

ベルトラン殿下が飲みかけていたお茶を吹き、ナゼル様は動揺し、トッレは「そういえば……」と呟《つぶや》く。

芋くさ令嬢に女友達がいないのは本当で、辺境ではケリーやメイドさんたちが友達代わりだった。

「そうか。なら、これからよろしく頼む。アニエス」

「はい！」

初めての女友達は、なんと王子妃のラトリーチェ様になった。

その後、少しの間、ベルトラン殿下とラトリーチェ様は我が家に滞在し、私はラトリーチェ様と一緒にジェニを乗り回したり、彼女の愛馬に乗せてもらったりと、楽しい日々を過ごしたのだった。

事件のあと、レオナルド殿下が様々な証拠を摑んで実行犯たちを捕まえていった。

そうして、犯罪に加担したエバンテール家の取り潰しが大々的に発表され、ポールは予定より早く隣国へ行くこととなる。私たちは、総出で彼を見送った。

「それでは、行ってきます」

ポールはラトリーチェ様の部下に連れられて国境へと向かう。

ベルトラン殿下とラトリーチェ様は用事があり、先にスートレナを出発したが、部下たちは数人残っていた。

「姉上……」

どこか決まり悪げにポールが私を見つめ、ぽそりと言葉を紡ぐ。

「その、いろいろとすみませんでした。領主宅で匿《かくま》ってくださったこと、感謝いたします」

プライドの高い弟から謝罪が来るとは思ってもみなくて、思わず目を瞬かせた。

「私は何もしていないわ。ポールも気をつけてね、いってらっしゃい！」

頷いて、ラトリーチェ様の部下と一緒に天馬に乗り込むポールは、エバンテール家にいた頃より凜《りん》とした顔つきで逞《たくま》しく感じられる。

天馬はバサバサと羽を広げ、明るい大空へ飛び立った。南へ進んでいく小さな影を、私はいつまでも見送っていた。

ポールが見えなくなったところで、ふと我に返る。

「あれ、エバンテール家が取り潰されたら、私はナゼル様の妻に相応《ふさわ》しくないのでは？」

ただでさえ、釣り合わない結婚だったのに、最後の砦だった血筋も崩壊してしまった。

「どうしましょう！」

オロオロと落ち着きなく庭を歩き続けていると、ナゼル様が追いかけてきた。

「アニエス、大丈夫？　猛スピードで庭を徘徊《はいかい》して……」

「ナゼル様、私はあなたの妻に相応しくありません！」

「え？　急にどうしたの!?　エバンテール家の取り潰しを気にしてる？」

「だって、取り潰された家の令嬢なんて、ナゼル様の不名誉にしかなりませんもの！　かくなる上は、り、離婚……」

「ちょっと待った！」

余裕がない様子のナゼル様は、私を捕まえて自分の方へ向き直らせると、美しい顔に真剣な表情を浮かべて告げた。

「実家の件は関係ないよ、俺はアニエスに妻でいて欲しい」

「ですが、私は罪人の娘になってしまいました」

「アニエスは彼らを捕らえた側でしょう。それに、俺の気持ちを知っているのに、どうして酷いことを言うの？」

「だって、ナゼル様に迷惑をかけたくないんです」

「そんな話ばかりする口は塞いでしまうよ？」

言うやいなや、私はナゼル様の唇によって物理的に口を塞がれる。慌てて後退するけれど、こんなときに限って後ろには巨大な果樹が植わっていて私の退路を阻むのだ。

「ふ……もう、逃げられないね？」

小さく笑ったナゼル様は一瞬唇を離してくれたけれど、すぐさま口づけを再開した。何度も何度も執拗《しつよう》に追い詰めてくるナゼル様のせいで、私は木にもたれたままズルズルとへたりこむ。

そんな私を「よいしょ」と抱き起こしながら、ナゼル様は琥珀色《こはくいろ》の目を色っぽく細めた。さっぱりした香水のいい匂いがする。

「アニエスが俺に慣れるまでと我慢していたけれど、あまりにも聞き分けが悪いから、離れられなくなる理由を作ってしまおうか？」

ナゼル様が口に出す言葉の意味に気づいた私は、「ひゃあ！」と大声を上げて固まった。

普通に考えれば、当たり前のことかもしれない。きっかけはなんであれ、ナゼル様とは夫婦なのだ。でも、でも！

「は、恥ずかしいです」

「うん、そうだけど。アニエスの心配事を打ち消すためだから」

「ま、待っ！」

「待たない。だいぶ慣れてくれたよね？　もうどこにも行かせないよ」

「ひっ……！」

いつも優しいナゼル様の琥珀色の瞳から、どこか獰猛《どうもう》で艶めいた気配が感じられる。

「嫌？」

「い、嫌じゃないです」

頭の奥で警鐘が鳴るけれど、美しく微笑む夫を前にしたら、どうすることもできなかった。だって、私もナゼル様と離れたくない。

そして――その夜、私は大人への階段をまた一つ上ったのだった。

❻ 芋くさ夫人、王女殿下の出産祝いパーティーに行く

ミーア王女の婚約破棄騒動から、おおよそ七ヶ月が過ぎたある日、デズニム国中を「王子誕生」という衝撃的な情報が駆け巡った。母子共に健康で王女と王妃は孫の誕生に喜んでいるとか。

一方で、ロビンは今まで史上最大に顔を歪《ゆが》めた。

「ナゼルバートめっ！」

自分の地位を確固たるものに変えた我が子の誕生はもちろん喜ばしい。

しかし、芋くさ令嬢の実家をあっさり切り捨て、ロビンの作戦を台無しにしたナゼルバートへの怒りが勝る。

（あーあ、やっぱり嫁が芋くさじゃ庇《かば》う気にもならないか）

あわよくば誘拐に加担した妻の実家を庇ったと騒ぎ立て、エバンテール家もろとも貴族籍を剝奪してやろうと思ったのに。とんだ計算違いである。

しかも、第二王子に誘拐犯たちが一網打尽にされてしまった。

幸い、ロビンにまで手は回っていないが、都合のよい収入源は絶たれた。

「どうすっかな？　まだ関係を清算したい令嬢が残ってんだけど。ミーアに浮気がバレて散々だ」

しかも、最近は自分たち夫婦についてのよくない噂《うわさ》が広まっているらしい。

そして、評判を気にした国王や王妃は、ナゼルバートを正式な夫として連れ戻そうかと迷いを見

せ始めている。そうなれば、ロビンは愛人枠に格下げだ。

もしかすると、都合の悪い部分を全部なすりつけられて切り捨てられるかもしれない。ロビンの心を不安が襲った。

※

デズニム国の王女ミーアは、はらわたが煮えくり返っていた。

ドスドスと足音を立てて憤慨しながら、よく手入れされた王宮の中庭を歩く。

「あんの、浮気男～。わたくしの妊娠期間に、散々よその令嬢に手を出して……許せませんわ！　まあ、泥棒猫は全員圧力をかけて勘当させましたが」

権力をちらつかせれば、全てが自分の思い通りに進む。長年の経験で、ミーアはそれを知っていた。なにせ、自分は国内で一番権力を持つ王妃の実子なのだから。

けれども、恋心ばかりはどうにもならない。あれだけ馬鹿な真似《まね》をされてもなお、ミーアはロビンを手放せないのだった。

しかし、今の状況がよくないことは薄々感じ取れる。王宮ではミーアやロビンに対しての悪い噂が広まり始めていた。

（不敬ですわね。噂している者は見つけ次第クビにするつもりだけれど、特に官吏の反発が面倒で

すわ）

実務能力に優れたナゼルバートが辺境へ行ったので、仕事に弊害が出ているらしい。

公爵令息一人が抜けたくらいで何を大げさなと思ったミーアだが、事実様々な業務が滞っていた。

それどころか、ナゼルバートの代わりにロビンを押し込んだせいで、余計に周りの仕事が増えている。

（ロビンはお馬鹿だから、仕事ができないのですわ。そんなところに親近感が湧くのだけれど）

ミーアはずっと、出来のいいナゼルバートに劣等感を抱いてきた。

自分が努力して努力して積み上げてきたことを、彼は素の状態でいとも簡単に追い越してしまう。屈辱を受ける機会が何度もあり、ミーアのプライドはズタズタだった。

初めて出会ったときは、見目がよくて大人しい、伴侶に相応《ふさわ》しい男だと思っていたのに。

婚約者として接するうちに、王配教育にのめり込む真面目すぎるナゼルバートがつまらなくなった。しょっちゅう女王教育を逃げ出すミーアとの差はどんどん開く。

周りの者が、「能力の足りない王女を補うためにナゼルバートが婚約者に決まった」と噂するたび、ミーアはナゼルバートを嫌いになっていった。

（わたくしの価値は地位だけなの？　わたくしはナゼルバートのオマケなんかじゃない！）

考えの読めない、人形のような琥珀色《こはくいろ》の瞳。自分の周囲にいる取り巻きの誰とも違う、こちら側に引き込めない固い考えの持ち主。全てにおいて、自分と合わない。

その点自分よりも愚かで、しかしずる賢いロビンは一緒に過ごすと楽なのだ。

貴族たちにはなかなかいないタイプで、話していて退屈しないし、彼だけが屈託なく自分に甘い言葉をかける。

王宮しか知らないミーアにとって、外の世界を教えてくれるロビンは新鮮だった。

しかし最近、王妃である母が、ロビンを愛人にしてナゼルバートを正式な王配に……などと意味のわからないことを言い始めた。

「ああああー！　腹が立ちますわー！」

なんでそんな面倒な真似をしなければならないのか。でも、ミーアといえども母親には逆らえない。婚約破棄の件で、彼女に尻拭いをさせてしまったため尚更《なおさら》だ。

（ふん、名ばかりの王配ですもの。ナゼルバートには仕事だけ押しつけて、わたくしはロビンと二人で自由に暮らせばいいですわ。そうなると芋くさ令嬢と離婚させなければならないわね）

どうせ相手は芋なので、ナゼルバートも未練はないだろうけれど、手続きがややこしい。

「芋くさ令嬢には適当な男……勘当された令嬢の婚約者か、妻に先立たれた誰かをあてがって、ナゼルバートを引き抜いてしまえばいいわよね。辺境の領主には、わたくしを批判する気に入らない貴族を飛ばしてしまいましょう。ああ、ロビンとの日々を手に入れるためとはいえ、またナゼルバートと顔を合わせるなんて嫌ですわ～。鬱ですわ～」

ミーアは産んだ子供を乳母に任せきりにしている。

デズニム国の王族の育児はそういうものだし、ミーア自身も子供と接するのが好きではないのでやりたくない。それより、ロビンと遊ぶ方が楽しい。

（面倒なことはさっさと片付けてしまいましょう。そして、ロビンの魔法で癒やされたいですわ）

彼の魔法は特別で、心の弱った部分をすっと浄化してくれる。

自室に戻ったミーアは筆を取り、ナゼルバート宛の手紙を書き始めた。

※

早朝、王都から辺境へ届いた手紙を、ナゼルバートは複雑な表情で眺めていた。

執務室には、自分の他に手紙を持ってきたケリーもいる。

（この便箋に何かが書かれているのはわかるが、字が汚くて読めない……！）

筆跡には覚えがある。間違いなくミーア王女のものだ。

婚約者時代に義務で手紙のやり取りをしたことがあったが、あのときもミミズがのたくったような文字が理解できず、結局数回で文通は終了した。

「ナゼルバート様、私が解読いたしましょうか」

「ケリー、できるの？」

「これでも王女殿下のメイドでしたから、先輩メイドにコツを伝授されております。王女殿下の文字が読めないと務まらない仕事ですので」

「助かるよ」

「では、失礼します」

ケリーは手紙を受け取ると、丁寧に読み上げ始めた。

しかし、内容を聞いていくうちに彼女の声はこわばり、ナゼルバートのこめかみにも青筋が浮く。

「……というわけで、領主ナゼルバートの王都帰還と、次期王配としての職務遂行を期待するとのことです。なんと一方的で身勝手な手紙でしょう。庭の落ち葉と一緒に焼却しましょうか」

「燃やしてはいけないよ。手紙も証拠として残しておかなきゃ。でも、腹の立つ内容だね。しかも、陛下からの連絡はなく、ミーア殿下の独断で送ってきたか。王妃の意見という可能性もあるな」

「そうですね、ロビン様でさえ王女殿下の行動をご存じないのかもしれません。彼なら絶対に反対しそうですし。王族たちも一枚岩ではないのやも」

「ベルトラン殿下やレオナルド殿下から、『そろそろ仕掛けるときだ』というメッセージをもらっている。俺はミーア殿下の提案を受け入れないよ……アニエスと離婚しろだなんて馬鹿にするのも大概にして欲しいね」

愛《いと》おしい妻と別れ、ミーア王女の伴侶になるなんて地獄だ。

「ところで、アニエスは？」

「眠っておられます」

「そうか。また無理をさせてしまったかな」

毎日毎日、アニエスが可愛《かわい》くて仕方がない。ナゼルバートは開き直っていた。今のこの生活を続けるためにも、王女やロビンはなんとかしなければならない。

さっそく手紙をしたためたナゼルバートは、王子たちに連絡を取るべく動き出したのだった。

※

爽やかなはずの朝、もぞもぞと起き上がった私はゆっくりベッドから這《は》い出す。

ナゼル様は仕事なのか、もう起きているみたいだった。

「うう、ナゼル様の体力オバケ」

あの日から、ほぼ毎晩のように彼に愛される日々が続いている。

(優しい顔をして容赦がないのよね、ナゼル様……)

身支度を調えて、ケリーに化粧を施してもらう間、私は静かに椅子にもたれかかる。

なぜだか、ケリーの表情がいつもより険しい気がした。

彼女は無表情でいることが多いが、それとなく怒っているように感じられる。

「どうしたの、ケリー」

「アニエス様……申し訳ございません。私からはなんとも。このあとナゼルバート様からお聞きになってください」

「何かあったのね」

用意が終わると、私はまっすぐナゼル様の執務室を目指した。

私を発見した彼は、花がほころぶような微笑《ほほえ》みを浮かべる。

「おはよう、アニエス」

「お、おはようございます、ナゼルバート様」

「こっちへ来て」

「は、はい……」

甘い呼び声につられるように、いそいそとナゼル様の机に向かうと、ひょいと抱き上げられて定位置に着席させられた。

横抱きでナゼル様の膝に置かれた私は、端整な彼の顔を見上げて首を傾《かし》げる。

「ナゼル様も怒っています？　今朝はケリーも様子が変だったのですが」

「アニエスは、皆のことをよく見ているね」

「ケリーに聞いたら、ナゼル様から話してもらうようにって」

「うん、話すよ。君にも関係があることだからね。でも、俺はアニエスを愛しているし、ここでの暮らしを捨てるつもりはないからね」

「ん？」

ナゼル様の言葉を聞いた私の心に、不穏な雲が立ちこめる。

そうして、ナゼル様は一枚の手紙を机に置いた。

「これは……？」

「読めないと思うけれど、ミーア殿下の直筆だよ」

「暗号ですか？」

「普通の文字だけれど俺にも読めなくて、ケリーに解読してもらったんだ」

王女殿下は達筆すぎるみたいだ。

手紙によると、ミーア殿下は私とナゼル様の結婚を解消させ、ナゼル様を自分の伴侶として王都へ戻したいと考えているようだった。

城で滞った業務全てをナゼル様に押しつけ、自分は愛人に格下げされるロビン様と今まで通り遊びほうける計画らしい。

「……酷《ひど》いです」

ナゼル様を一体なんだと思っているのだろう。彼は都合のよい仕事人形ではなく、れっきとした感情のある人間なのに。

「もちろん、俺は王女の戯言《たわごと》を断る気でいるよ。ロビンの嫌がらせで辺境に迷惑をかけられるのもうんざりだし。そろそろ、一連の騒動に決着をつけようと思う」

「もしかして、王子殿下たちと協力して……？」

「ああ、彼らの悪事の証拠は揃《そろ》った。こちらから王宮へ乗り込む。ちょうど、城で催しがあるみたいだからね？」

「催し？」

「うん、王女殿下の出産祝いパーティー」

「ええっ、この間出産されたばかりなのに、パーティーに参加して大丈夫なんですか!?」

「心配しなくても、パーティー自体は二ヶ月後だ。それに、ミーア殿下は育児をしていないよ。王族や貴族は皆そうだけれど、乳母がいるからね」

決戦は二ヶ月後。それまでにナゼル様たちは着々と準備を進めていくようだ。

「私もお手伝いしたいです。当日は私も一緒に行っていいですよね？」

「ありがとう。アニエスには不快な思いをさせてしまうかもしれないから、できれば領地にいて欲しいな」

「嫌です、ナゼル様と一緒に戦います。妻ですから」

ミーア殿下の提案は腹が立つし、王宮で嫌な思いをするかもしれないけれど、ナゼル様の傍《そば》にいたい。彼の力になりたい。

その後、半日間粘りに粘った私は、ついに王都へ同行する許可を勝ち取ったのだった。


二ヶ月後、久々に王都へ足を運んだ私とナゼル様は馬車の窓から顔を出し、懐かしい風景を眺める。整備された石畳の街を歩く大勢の人々に活気のある店、時折吹き抜ける高地特有の涼しい風。

そして、街の中心にそびえ立つのは、パーティー会場となる王城だ。

「そろそろ到着しそうです。やっぱり王都は都会ですねえ」

「アニエスは都会が好き？」

「いいえ、田舎がいいです。王都は人が多すぎて……」

「俺もだよ。王都出身なのに、スートレナの方が好きなんだ」

顔を見合わせ、二人で笑い合う。この先、戦わねばならない相手がいるけれど、ナゼル様と一緒なら大丈夫だと確信できた。

王女殿下直々の招待ということもあり、パーティーの前日に城へ入り、長旅の疲れを癒やす。

ナゼル様のもとにはひっきりなしに王宮で働く人々が来て、彼に城へ戻ってくれと泣きついた。

それを目にするたびに、私は複雑な気分になる。ナゼル様が辺境へ旅立つときには、誰も顔を出さなかったし、彼の辺境行きを反対する声さえ上がらなかった。

黙って見送り、仕事が回らなくなって初めてナゼル様に縋《すが》るなんて。

(自分の都合だけで、彼の未来を決めようとしていない？)

それに、大好きなナゼル様と私を引き離そうと動く人々を好意的には見られなかった。

しばらくして、ナゼル様の家族が彼に面会を求めているという連絡が入る。ナゼル様と仲のいいジュリアン様ではなく、辺境行きを黙認した父君と兄君が来たらしい。

「アニエス、父や兄と会うために少し部屋を空けるけれど、君は明日に備えてゆっくり休んでね」

「はい……お気を付けて」

「そんな顔をしないで、大丈夫だから」

一緒に行きたい気持ちはあるけれど、ナゼル様の意向に従い大人しく彼を待とうと決める。私の頬に唇を落とし、ナゼル様は部屋を出て行った。

しばらくじっとしていた私だが、スートレナとは違って城では仕事がない。要するにものすごく暇なので、周辺観察も兼ねて部屋の外へ出てみることにした。

今いる一番いい客室は中庭に繋《つな》がっていて、自由に散策できるらしい。外部からの侵入は遮断されており、安全性も確保されているとのこと。

（少しだけ、外の空気を吸ってきましょう）

外に繋がる扉を開けると、小さな花々の間にタイルを並べた小道があった。

（綺麗《きれい》な散歩コースね）

ちらほら置かれた水盆には大ぶりの花が浮かべられ、色とりどりのガラスの飾りが沈んでいる。香油が垂らされているのか、水からはハーブのようないい香りがした。

「この小道、意外と散策のしがいがあるわ。スートレナの屋敷の花壇の参考にできそう」

うろうろ歩いていると、ガサガサッと近くで植物をかき分ける音がした。

「何？　魔獣？　ここ、安全なのよね？」

この程度の散歩で護衛のトッレを呼び出すのも気が引けたし、一人でうろうろしていたのだけれど、まずかったかもしれない。

しかし、背の高い黄色い花の間から出てきたのは……薄桃色の髪に小麦色の肌、垂れ目がちで甘いマスクの青年――王女殿下の夫であるロビン様だった。

（なんでロビン様がこんなところにいるの!?　しかもここ、客室の庭だし外部から人が入ってこられない場所でしょ……ということは不法侵入!?）

私を見つけた彼は悪びれるでもなく、興味深そうに目を丸くして近寄ってくる。

「あれれ～？　花園に可愛い子がいる～」

「……へ？」

私が誰だかわかっていないのだろうか。

（婚約破棄パーティーで、ナゼル様と一緒にいたんですけどー）

そういえば、以前のパーティーではー言もロビン様と言葉を交わさなかった。

だから、印象が薄かったのかもしれない。

「ねえねえ、君、どこの子～？　王都の令嬢じゃないよね、こんな可愛い子を俺ちゃんが見逃すわけないし～？」

「あ、わ、私……」

ぐいぐい近づいてくるロビン様の行動が意味不明で、困惑した私は一歩、また一歩と後退した。

（なんでこんなに馴《な》れ馴《な》れしいの？　この人、王女殿下と相思相愛ではないの？）

正直今まで出会った男性と行動パターンが違いすぎて対処の仕方がわからない。王女殿下の婚約者だから、あまり失礼なこともできないし。

「逃げないでよ、小鳥ちゃ～ん。それにしてもマジ可愛いね！　ぱねぇわ！」

「え、ちょっ!?」

ロビン様は無遠慮に腕を伸ばし、私の手を取って口づける。ぞわわ……と鳥肌が立った。

「君の名前を教、え、て？」

目の前にバチンとウインクをするロビン様の甘い顔が迫り、私は「ひゃあ！」と悲鳴を上げた。

怖い、行動が意味不明で怖すぎる！

でも、こんな人でも未来の王配様なのだ。なるべく無礼な態度は取らない方がいい。

「アニエス・フロレスクルスです！　あの、その、離れてください」

名乗ったのに、ロビン様は手を放してくれなかった。ヘラヘラと理解できない笑いを浮かべ続けている。

「またまたぁ！　君みたいな子が、あの芋くさ令嬢を名乗るなんて〜。それって、辺境へ追放された罪人の醜い妻の名でしょ？」

「本当に私がアニエスなんです、既婚者なので距離を取ってもらえませんか？」

離れろ、離れろ〜と主張するけれど、ロビン様は迫ってくるばかり。

（どうしよう、言葉が通じない！）

実家を勘当された多くの令嬢の話は聞いたけれど、実際にロビン様は誰彼構わず女性に言い寄っているらしい。

「ねえ、一緒に行こうよ。俺ちゃんとイイコトしよう？」

そう言うと、ロビン様はスルリと私のお尻を撫《な》でる。

「ひいっ！」

イイコトって何――――!?

（よくわからないけれど、ろくでもないことに決まっているわ！　今のだって完全にセクハラだし！）

強引に手を引っ張るロビン様に逆らい、足を踏ん張った私は全身に力を込めた。もう不敬だとかなんだとか言っていられない、このままでは連れ去られてしまう！

「ふんぬーっ!!」

自分の腕を引っ張り返すと、あっさりロビン様の手が離れる。勢い余って尻餅をついた彼は、目をまん丸にして私を凝視した。

「えっ、小鳥ちゃんって意外と怪力？」

先日の事件から自分の体にも物質強化の魔法をかけたままでいた。だから、通常より力が強いのだ。解除しない限りは、ずっと力持ちのままである。

「わ、私のことは放っておいてください。もう部屋に戻りますので」

やってしまったと思いつつも、怪力だし、既婚者だし、ロビン様の興味も薄れるだろうと安心していると、彼は目をらんらんと輝かせて私を見つめる。むしろ、先ほどより目の輝きが増してはいないだろうか。

「面白い、面白いよ、小鳥ちゃん！　適度に弾力があっていいお尻だし！　簡単に手に入らないって燃えるよねえ！　人妻略奪！」

「…………は!?」

この人は何を言っているのだろう。ますます彼の考えが理解できない。

嫌な予感がした私は、そそくさと身を翻して部屋へダッシュする。

「ねえ〜、待ってよ〜。小鳥ちゃ〜ん！」

「ひぃぃぃっ！」

なりふり構わずロビン様から逃げていると、曲がり角で私はボフンと誰かにぶつかってしまった。

「わぷっ、ごめんなさい」

顔を上げれば、戸惑った様子のナゼル様が立っている。

「アニエス、ここにいたの。部屋にいないから捜していたんだ」

「ご心配をおかけして、すみません」

むぎゅっと私を抱きしめて放してくれないナゼル様。でも、今は一刻を争う事態だ。

名残惜しいけれど、私は顔を上げて彼に訴えた。

「ナゼル様、中庭は今、危険地帯です！　今すぐ部屋へ戻りましょう。撤退です！」

「何を言っているの、アニエス？」

彼が首を傾げたのと同時に、花をかき分けたロビン様が「小鳥ちゅわ〜ん」と飛び出してくる。

（ひいっ、もう追いつかれた！）

しかし、ロビン様はナゼル様に目をとめた途端に、引きつった表情を浮かべた。

「げっ！　ナゼルバート、何故《なぜ》ここに？　もしかして、小鳥ちゃんはマジで芋くさちゃんだったわけぇ？　同一人物に見えないんだけどぉ！」

ロビン様の言葉で、ナゼル様は大体の事情を察したようだった。ぎゅうぎゅうとさらに私を抱きしめてくる。

放してくれる様子がないので、素直に彼の胸に顔を埋《うず》めた。

「行こうか、アニエス」

私を伴い部屋に戻ろうとするナゼル様だけれど、後ろからロビン様が声をかける。

「ナゼルバート。いい気になっていられるのも、今のうちだからね～？　次期王配の座は渡さないし、小鳥ちゃんももらっちゃうよ～！　俺ちゃんの魔法さえあればぁ、イチコロだからっ！」

ナゼル様はロビン様を無視してスタスタと歩く。彼がここまで他人に冷たい対応をするなんて珍しい。

心に不安を宿しながらも、私たちは無事に部屋に戻ることができた。

「アニエス、あいつに何もされなかった？」

「ええ、特には。腕を引っ張られたくらいです。あと手の甲にキスされてお尻も触……」

「……!?　それは大変だ！」

そこから先は、ナゼル様の過保護が爆発した。

手を洗いに行ったあと、私はずっとナゼル様に抱えられて一日を過ごす羽目に陥る。


そうしていろいろあった末に、私とナゼル様はいよいよ王女殿下の出産祝いパーティーに参加することとなった。生まれたのは男児だと聞いているが、子供の誕生パーティーでないところがミーア殿下らしいといえばらしい。

（主役はあくまで子供ではなく王女殿下なのよね）

会場は婚約破棄のときと同様、城の中心にある大広間。部屋の手前まで移動すると、第二王子レオナルド殿下と第一王子妃ラトリーチェ様が立っていた。

第一王子ベルトラン殿下は病気だという設定のため、今はまだ出てこない。そう、「今は」だ。彼らは今日、王妃殿下や王女殿下と対決する気でいる。

二人は私たちを待っていたようで、見るなり声をかけてくれた。

「準備は万全だな、ナゼルバート」

「ええ、もちろんですレオナルド殿下。スートレナ領とエバンテール領の件では、全ての証拠を揃えております」

「アニエス夫人、不快な思いをするかもしれないが、少しの間だけ茶番に付き合ってもらおう」

「大丈夫ですよ、わかっていますから。私も演技をします」

「いや、君は普通にしていてくれていい。以前とは違う姿を見せるだけで会場は勝手に騒ぎになるだろうから」

(お芝居に参加したかったのだけれど、それなら黙っていようかな)

そんなやり取りをしていると、ナゼル様が私を行かせたくないというように、じっと見つめてくる。今日だけで二十回目だ。

「アニエス……」

「大丈夫ですってば。何かあれば、魔法で会場の皆さんを守ります」

私の物質強化の魔法で、万が一追い詰められた王女殿下やロビン様が暴れても、他の参加者に害が及ばないようにできる。

(魔法を使わずに済むのが一番だけど)

私たちは四人で一緒に会場に足を踏み入れた。ナゼル様が右手をぎゅっと握ってくれる。

(大丈夫、独りじゃない)

前に来たときはひとりぼっちだったけれど、今は城の中にも味方が大勢いるのだから。

四人で登場する私たちに気づいた参加者から、ちらちらと視線が向けられる。あからさまなものではないが、そわそわと興味を持たれているのがわかった。

「第二王子のレオナルド殿下に、第一王子殿下が病気で寝たきりでは……」

「ラトリーチェ様も苦労しますわよね。第一王子妃のラトリーチェ様だわ」

「普段は粛々と夫の看病をしているなんて、慎《つつ》ましやかで優しい方だ」

今日のラトリーチェ様は完璧に猫を被《かぶ》っていた。

王女殿下とロビン様は主役のため最後の登場となるようだ。

「それにしても、ナゼルバート様の隣にいるのは誰かしら」

「愛人では?」

静かに聞き耳を立てて周囲の様子を探る。

(また始まったわ。このパターン……)

第二王子主催のパーティーと同様に、私は噂の的になっていた。だが、そのときに芋くさ令嬢だと知った人たちもいる。

「あれは、アニエス様だ」

「お化粧を落とされたら、美人さんですのよね」

「お似合いの二人だな」

私たちに好意的な声も多く、そっと息を吐いて安堵《あんど》した。

（さあ、本番はこれからよ）

気合いを入れて王女殿下が姿を現すのを待っていると、衛兵が続々と入場してミーア殿下の登場を告げる。

高らかにラッパが吹き鳴らされる音がし、続いて大広間の奥にある階段から、ミーア殿下とロビン様が腕を組みながら下りてきた。いよいよだ。ロビン様を見ただけで、私の腕に鳥肌が立つ。

彼らの後ろには大泣きする赤ん坊を抱いた乳母らしき女性がいた。

「よく集まりましたわ。今日はわたくしの出産祝いパーティーですが、大切な報告もありますの。わたくしたちの子供はその女が抱いていますから、好きに眺めてていいですわ。大広間につくなり、ギャーギャーわめいてうるさいんですのよ」

王女殿下の言葉に、会場はしんと静まりかえった。

「わたくしも産後ですから、そこで休ませてもらいますわね」

階段の前に用意された豪奢《ごうしゃ》な椅子に座り、ゆったり足を組むミーア殿下。隣に立つロビン様。

そうして、貴族たちが我先にと彼らにお祝いの言葉を告げに行く。たくさん祝われた王女殿下は満足そうだ。

彼女とロビン様の子供はポツンと……会場の隅で乳母が抱えている。王女におもねる貴族たちは、彼女の我が子への扱いを見て、子供より王女を優先させた。

（ええ〜……）

第二王子派貴族は、王女に群がる他の貴族たちを観察している。

乳母の近くに立っていた私は、こっそり赤ん坊の様子を窺《うかが》いに向かった。

なんとなく、両親に顧みられない子供が心配になったのだ。

「あの、王女殿下のお子様を見せていただいてもいいですか？」

「ええ、もちろんです」

乳母は抱えた赤ん坊をそっと私に見せる。ムチムチの赤ん坊は元気そうで、しっかり世話もされている様子。そして、今は泣き止《や》んで静かだった。

眠そうに目を細め、ウトウト眠りかけている。

ナゼル様も私の横に並び、赤ん坊を起こさないように黙って観察していた。このパーティーの中で居眠りできるなんて、肝の太い子かもしれない。

乳母や赤ん坊の負担になってはいけないので、赤ん坊の無事を確認したあとは、その場を離れた。

王女殿下の前にはまだ長蛇の列ができているので、しばらく様子を見ることにする。

すると、甲高い声が私を呼んだ。

「アニエス！」

振り返ると、奇妙奇天烈《きてれつ》な格好の二人の女性が、こちらへ歩み寄ってくる。

（彼女たちは、エバンテール一族！）

私の両親は捕まってこの場にいないが、罪を犯していない一部の親戚は残っている。

「あらまあ！　聞いてはいたけれど、アニエスがエバンテール家らしくない格好をしているってい
うのは、本当だったのね！」

一人の夫人――伯母に当たる女性が叫んだ。彼女は母の兄の嫁で他家から嫁いでいる。

母の実家は、もともとエバンテール一族で、父とは従兄妹《いとこ》同士なのだ。

「あれだけの騒ぎを起こして、一族の者として恥ずかしいと思わないのですか!?」

続いて文句を言うのは、私の叔母……父の弟の嫁に当たる人物だった。

「実の両親をあのような目に遭わせるなんて、なんて親不孝な娘なの！」

「彼らが収監されたことを指していらっしゃるのなら、あれはお父様とお母様が罪を犯したからで
す」

「おかげで、エバンテール本家は断絶したのですよ？　私たちはなんとかやっているけれど、分家
の中にも捕まったり、貴族籍を剝奪されたりした人もいるのに！」

「そうよ！　自分だけいい思いをするなんてずるいわ！」

「えっ……？　ずるい？」

私は目を丸くして彼女たちを見た。一体何が言いたいのだろう。ただ単に、両親が断罪されたこ
とに対する苦情とは思えなかった。

「そうですよ、アニエスはずるいですわ！　私たちだって、エバンテールに嫁いでからずっといろ
いろ耐えていますのに――あなたは堪《こら》え性《しょう》がなさ過ぎます！」

「こちらも好きでエバンテール式の格好をしているわけじゃないのよ。でも、嫁いだからには我慢

していの！　なんで、エバンテール家に生まれたあなたにそれができないの!?」

私はよそからエバンテール家に嫁いできた伯母や叔母の気持ちを初めて知った。

厳格な彼女たちもまた、エバンテール式の生活に葛藤を抱いていたのだ。

（要するに、よそから来た自分たちが我慢しているのに、本家に生まれた私が自由なのが気に食わないのね）

自分が辛《つら》い思いをしたからって、なにかと理由を付けて姪《めい》にも同じ苦しみを押しつけようとしているのだ。けれど、そういう考え方は違うと思った。

辛い思いをした人がいたからといって、周りも同じような辛い目を強要されたら、世の中は辛い人だらけになってしまう。そんな誰も得をしない世界は嫌だ。

彼女たちだって私がずっとエバンテール家のやり方に逆らっていたのを知っている。

力不足で、ナゼル様に保護されるまでは、エバンテール式の格好から抜け出せなかったけれど、そのときに三人で力を合わせていれば、また異なる未来があったかもしれない。

（協力して、脱エバンテール式を目指すこともできたかも）

でも、当時の二人はエバンテール式を強要する人たちと一緒になって私を非難した。二人が嫌々エバンテール式を踏襲したからといって、どうして私までそうしなければならないのか。

顔を上げた私は、正面から彼女たちを見据えた。

「お二人とも、おかしいです」

顔を上げる私に二人は目をつり上げて反論する。

「おかしいって、どこが？　おかしいのはあなたの方よ！　身勝手な行いを世間が許すと思っているの？」

「そうです！　エバンテール家に嫁いだ女性たちが皆、どんな思いでいるか……」

「私たちの子供にも悪影響なのよ！　周りのことも考えてよ、教育に支障が出たらどうしてくれるの？　こんなの一族が許すはずがないわ！」

世間、皆、周り。二人の言葉は主語が大きすぎる。

彼女たちは自分たちがいかに苦労しているか、いかに我慢しているかを主張し、自由になった私をずるいと責め続けた。

そして、一族の皆が我慢するのだから、お前もそうしろと威圧してくる。

けれど、そんなのはもうたくさんだった。皆で苦しめだなんて、ちっとも建設的ではない。

「世間が、周りが、一族が許さないと？」

「そうよ、事実許されないことだわ！　あなたは非常識……」

「許していないのは『あなた方』でしょう？　あなた方が個人的に私のやり方が気に食わないのでしょう？」

彼女たちの話を聞いていると、さも皆がそう思っているかのような言い方だ。しかしそれは、「皆」の意見ではなく、「伯母や叔母」の個人的な意見に過ぎない。

自分の意見を覆い隠すやり方は好きではないし、卑怯《ひきょう》だと思う。

「悪影響、出ればいいのでは？　残されたエバンテール一族は、これから変わっていくでしょう。

私たちのように辛い思いをする子はいなくなればいいんです」

「な、何を言っているのよ！　そんなの、誰も許すわけがないのよ！」

「だから、許していないのは、あなたたちではないですか。自分の意見に周りを巻き込むのは止めた方がいいです。実際にそう思っている人々は残されたエバンテール一族だけで、他にはいません」

「そ、そんなことっ……」

しかし、いつの間にか自分たちに注目が集まっているのを見た彼女たちは口をつぐんだ。

明らかに自分たちが不利だと頭では理解しているのだ。

「嫌なら、止めればいいだけです。それとも、自分と同じ苦しみを子供にも負わせますか？　これからを決めるのはあなたたちです。周りでもないし、私でもない。たしかに簡単ではありません。私はずっとあらがい続けていましたが、勘当されるまでエバンテール式から逃れることはできませんでした。しかし、あなたたちは一人ではなく二人。他にも共通の思いを抱えている嫁仲間がいるのなら尚更可能なのでは？」

野次馬中の貴族から「そうだ！」という声が複数上がった。

「私からは以上です」

言い置いて、ナゼル様の方へ向かう。

「アニエス、助けようと思ったけれど、そんな間もなく君が対処してしまったね。さすがだよ」

「元エバンテール家の者として、私が対応しなければいけないことです。ナゼル様はこれからすべき重大な任務があるのですから」

エバンテール式の服装のことなんかで、彼を煩わせたくない。

私たちは手を取り合い、これからの戦いに備える。大丈夫、準備は整えたのだ。

見つめ合っていると、あらぬ方向から私に声がかけられた。

「やあやあ、小鳥ちゃん！　こんなところにいたんだね～」

瞬間、私の全身に鳥肌が立ち、客室の庭での記憶が蘇《よみがえ》る。

「……ロビン様」

声のする方を見ると、王女殿下をほっぽり出して歩くロビン様が、キラキラと目を輝かせながら近づいてくるところだった。

（えっと、王女殿下は……）

見ると、ミーア殿下は一人で貴族の対応をしていた。王女殿下は出産して間もないのに、ロビン様は彼女を助ける気がないようだ。

（なんて、駄目な人なの！　自分の子供も放置だし、王女殿下や息子が大切じゃないの？）

怪訝《けげん》に思う私を意に介さず、ずんずん近づいてきたロビン様はにっこり笑いかけてきた。

ヒクヒクと口元をつり上げながら、形式的な挨拶をする。

「ご、ごきげんよう、ロビン様……このたびは王女殿下のご出産並びにお子様のご誕生、おめでとうございます」

「ん～もう、そんなのどうでもいいからぁ～！　再会できた喜びを分かち合おうよ～」

（ど、どうでもいいの!?）

あまりの言葉に、私は声を失う。

「君とはもっと話をしたかったから～、会えて嬉《うれ》しいよ小鳥ちゃん。やっぱりいいお尻してるよね～」

どこまでも自分本位な次期王配殿は自然な動きで近づいてきて、またしても私のお尻を撫でようとする。

「ひいっ！」

思わず後退し避《よ》ける私を庇うように、人形のように冷たい表情になったナゼル様が前へ出てくれた。

しかし、それを見たロビン様はこともあろうに、その場でナゼル様を挑発し始める。

「あれ～？　ナゼルバート、ずいぶん余裕がないんだなあ？　まあ、小鳥ちゃん、美人さんだもんね～？　無理矢理結婚させられた相手だけど、情が湧いちゃったのかなあ？　そう考えると、芋くさ令嬢と結婚できて得したよね～？」

「ロビン殿は、相手の外見にしか興味がないのですか？」

「貴族令嬢の中身なんて、どの子もあまり変わらないでしょう？　おしとやかで、心が弱いから、寄り添ってあげたくなるよね～」

絶句する私に目を向け、ロビン様は妖しげな笑いを浮かべる。

漆黒の彼の目が赤みを帯び始め、不思議な色彩へと変化した。

そこで、私は自分の体に起きた変化に気がつく。

(あれ？　ロビン様から視線が離せない……!?　どうなっているの？)

身動きが取れず動揺する私だけれど、まだ誰もそのことに気がつかない。

「ねえ、小鳥ちゃん。君だって悩み事があるんでしょう？　気苦労ばかりの辺境での生活が本当は嫌なんじゃないの～？　俺ちゃん、相談に乗ってあげるよぉ～？　ここで全部暴露しちゃいなよ」

甘く目を細めるロビン様がにんまりと笑うと、私の心にあった小さな悩み事や不安がすっと軽くなっていくのがわかった。

(何、これ。もしかして、彼の魔法なの？)

今までに経験のない不思議な感覚には、心が洗われるような心地よさがあった。

浄化とでも言えばいいのだろうか。ふんわりと温かな気持ちになる。

「ねえ、ずっと辛かったんでしょ？　好きでもない男と結婚させられて、辺境へ飛ばされて、実家までがあんなことになって辛くないはずがないよね？　俺ちゃんにはわかるよ～。ナゼルバートなんかに遠慮しなくていいんだよ～？　この際、不満を全部ぶつけてやりなよ～」

いかにも共感していますという顔を作るロビン様。

(いい人ぶっているけれど、エバンテール家を犯罪に走らせたのは、あなたでしょう？)

しかし、ロビン様に応えるように、勝手に心の中で思っている言葉が口から出て来てしまう。怖い……！

「私、私は」

話し出す獲物を見て、ロビン様の顔が嬉しそうに緩む。その表情から、彼がこの場で私に不満を言わせ、ナゼル様に恥をかかせようとしているのだとわかった。

（なんて酷い人！　でも、心がぼんやりして、ひとりでに口が……）

駄目なのに、言いたくないのに。

ロビン様に誘導されるまま、私は思っている内容を正直に話してしまう。

「私は……幸せです。ナゼル様に会えて、辺境へ行けて」

「そうだよね～……って、ええっ!?」

予想した答えと違ったのか、突如ロビン様が慌て出したが、私の口は正直に喋《しゃべ》り続ける。

「最初は芋くさ令嬢なんかを押しつけられて、ナゼル様に申し訳ないと感じていましたけれど、彼はそんな私でも愛してくれました。実家にいた頃のように暴力を振るわれる危険もなくなりましたし、仲のよい人々もできて夢のようです」

会場の貴族たちが、私の話を聞いて感動している。

頭がぼんやりしたままの私は、つらつらと思いを話すけれど、そのどれもが今の生活に満足しているという内容だった。

ついでに、ナゼル様との〝のろけ話〟もしてしまい……恥ずかしい。

期待した言葉を引き出せなかったからか、ロビン様はわかりやすく不満げな顔になる。

「アニエス、アニエス?」

心配そうに、私を優しく揺さぶるナゼル様のおかげで、徐々に正常な思考が戻ってきた。

魔法の効果が薄れ始めたようだ。

先ほどのおかしな状態はロビン様の魔法のせい、そう確信できる。「浄化」とでも言えばいいのだろうか、心の中の不安を取り除いて心地よくさせる不思議な魔法。そして、思っていることを引き出してしまう魔法だ。

私もしばらくの間、放心状態になってしまった。

（とても珍しい魔法ね。使い方によってよいものにも悪いものにも変化しそう）

一時的に精神の不安を取り除ける魔法は、心の弱った者にとっては素晴らしい宝だろう。

ただ、使い方によっては依存を引き起こしそうだ。

それから、魔法のせいで心がいつになく無防備になるため、誘導されるまま思っていることを全部正直に話してしまうという弊害がある。

（まさに、自白魔法ね）

相手を依存させ放題、相手の弱みを握りたい放題だ。

「ロビン殿、あなたにはあとで話したいことがある。今は私の大事な妻にこれ以上近づかないでもらおう」

「あはは、いつまでそう言っていられるかな～？　お前もわかっているはずだよ」

「そういうロビン殿こそ。私の妻ばかり見ずに後ろを確認したらどうかな」

「へっ？」

彼の後ろでは、目をつり上げた王女殿下が腕を組んで仁王立ちしていた。

「ねえ、ロビン？　いなくなったと思ったら、そんなところで何をしているのです？」

「げっ……ミーアっ!?　あはは～、なんでもないよ～」

「そうかしら？」

「うんうん！　君は怒った顔も可愛いね～。まじぱねぇ～！」

怒っているミーア殿下だが、相変わらずロビンに弱いらしい。

「……はあ。まあいいですわ、そろそろ疲れましたし退場しましょう。目的の人物も見つけたわけですし？」

そう言うと、ミーア殿下は挑戦的な目つきでナゼル様を見上げた。

「久しぶりですわね、ナゼルバート」

少し離れた場所で、レオナルド殿下とラトリーチェ様が静かに様子を窺っている。

ナゼル様はミーア殿下に形式的な挨拶をし、ロビン様はそそくさと妻の傍へ戻る。

「意外にも辺境生活を満喫していたのかしら。愛人連れなんて、いいご身分ですわね。芋くさ令嬢はどうしましたの」

「隣にいますよ」

微笑むナゼル様は愛おしげに琥珀色の瞳で私を見つめる。素敵すぎて溶けてしまいそう。

「冗談を。全く別人じゃないの！」

勝ち誇った態度の王女殿下に、ロビン様が小さく告げる。

「ミーア、紛れもなく本人だよ。化粧を取った芋くさ令嬢は意外と美人だったんだ」

「なんですって!?」

途端に面白くなさそうな顔に変貌したミーア殿下は、私を見据えて艶めいた唇を開く。

「わたくしの伴侶を体で誘惑しようだなんていい度胸ね。前回の腹いせかしら?」

あんまりな言いがかりに一瞬言葉を忘れてしまう。

(どうしてそうなるの? 誘惑なんてしていませんけど!)

むしろ、ロビン様がぐいぐい来るので困っていたのだ。

しかし、当のロビン様はというと……なぜか、嬉しそうな表情を浮かべ始める。

「俺ちゃん、モテモテ〜。フゥーッ! 二人共俺ちゃんのために争わないで〜」

彼の頭の中はどうなっているのだろう。凡人には理解ができない。

隣をそっと見ると、ナゼル様が完全な無表情になっていた。

(……さらに怒っているわ)

ずっと一緒にいたからこそ、わかるようになってきた。

まるで人形のような面差しは、かつて「人間味がない」と言われていたらしいナゼル様を彷彿《ほうふつ》とさせる。それは、本音を封じて役目を遂行する彼が、自分の心を守るため、無意識下で取った手段だったのだ。

「それはこちらの台詞《せりふ》です、ミーア殿下。あなたの婚約者が妻にちょっかいを出すので困っています。伴侶の監視は、しっかりとしていただきたい」

「まあっ! 生意気な! わたくしに言い返すなんて、ずいぶん偉くなりましたわね。その鼻っ柱、へし折ってやりますわ！」

ミーア殿下は堂々とナゼル様を指さして告げた。

「ナゼルバート、命令よ！　隣の芋くさ女と別れて、わたくしの伴侶になりなさい！　不本意だけれど、お母様の意向なのですわっ！　間違っても、わたくしに愛など求めないで。お前は形だけの伴侶、ただ仕事をするためだけの歯車なのですから、大人しく……」

「お断りします」

表情を変えないまま、ナゼル様が即答した。

「私はすでに、こちらのアニエスと結婚した身。しかも相思相愛ですので、今のお話をお受けする理由はありません。他を当たってください」

「ですから、これは命令だと言っているのですわ！　お前に拒否権などありません！」

「それはどうでしょうか」

「なんですの！　辺境の領主ごときが生意気な……」

「今のお言葉、次期女王陛下の本音として、ありがたく受け取らせていただきますね」

ナゼル様の反応を受け、一部の貴族がざわつき固まり出す。

そう……ミーア殿下は今、デズニム国の重要拠点である辺境スートレナに堂々と喧嘩《けんか》を売ったのだ。

国の南端にあるスートレナは隣国ポルピスタンに面している領地。そこの王女であるラトリーチェ様がベルトラン殿下に嫁いでいるとはいえ、スートレナの重要度は無視すべきものではない。

次はどう出るのだろうかとミーア殿下を観察すると、なんと隣に立つロビン様が動き出した。

「ミーア、そぉ～んな、嫌みたらしい男に頼るのは止めときなよ～。俺ちゃんがいるじゃ～ん」

都合よく自分を押し出すロビン様。

でも、王女殿下とロビン様、二人の考えがだんだんわかってきた。

（ロビン様と王女殿下の意見は違う。ロビン様の方はナゼル様が婚約者に戻るのに未《いま》だ反対なんだわ……。正式な夫の座を奪われ、愛人に降格されてしまうのだから当然よね）

しかし、ミーア殿下はロビン様を諭しにかかる。

「ああ、ロビン。何度も言ったように、わたくしの気持ちやロビンとの関係は変わらないわ。ナゼルバートには王配がすべき仕事をやらせるだけよ。あなたは仕事が嫌いだし、できないでしょ？」

王女殿下に悪気はないが、ロビン様は仕事ができない事実を大勢の前で暴露されてしまった。

ロビン様のヘラヘラした笑顔が引きつっているように見えるのは、私だけだろうか。

なんやかんやで、プライドは高いと見える。

「で、でもさあ、ナゼルバートは悪党だよ？　そんな奴《やつ》を王配にしたら大変だよ～」

「あなたへの嫌がらせの件なら、今後は監視を付けて……」

「んもう、そ～じゃないってば～！　ナゼルバートが！　また！　新しい！　悪さを！　し、た、の！」

主張の激しいロビン様が再びわけのわからないことを言い始めた。

……この人、なんでこんなにお騒がせなの？

「さっそく、ナゼルバートに虐《いじ》められたのかしら？」

「ち、が、う！　もっと大きな事件だよ。ナゼルバートは……小鳥ちゃんの実家と組んで、人身売買に手を出していたんだよ～ん！」

私はロビン様の言葉に絶句した。

（それ、全部、あなたがやったことじゃないのー！　なんで、ナゼル様のせいにしているのよ！）

品行方正なナゼル様に対し、許しがたい侮辱だ。

しかし、ナゼル様は気にしたそぶりは見せず、涼しい顔のまま口元を緩める。

「やれやれ、なんでも他人のせいにするのは見苦しいよ、ロビン殿。人身売買に加担していたのは君の方じゃないか。きちんと証拠も挙がっている」

「お、俺ちゃんだって、この日のために証拠を用意したもんね～！」

ロビン様はニヤリと不敵な笑みを浮かべ、片眉を上げた。

（怪しいわね。「この日のために用意」って）

でも、ナゼル様の方が、きちんとした証拠を持っているはず。スートレナ領内の事件も、エバンテール家絡みの人身売買も、全て調べ上げたのだから。

「証人だっているんだよ～！」

言うと、ロビン様が指し示した方向から、数人の令嬢がオドオドした空気を纏《まと》いながら歩いてくる。彼女たちはどこか、心ここにあらずといった雰囲気で、何かを恐れているようにも見えた。

しかし、熱に浮かされたようにロビン様を見つめる表情は、以前辺境で事件を起こしたリリアンヌを彷彿とさせる。

「さあ、じゃんじゃん証言しちゃってぇ〜！」

場違いに明るいロビン様の声に応えるように、令嬢の一人が口を開いた。

「わ、私たちは王都の修道院で暮らしていたのですが、そこで売られそうになったのです！　あ、あの人に……！」

そう言って、震えながらナゼル様を指さす令嬢その一。嘘《うそ》をつく罪悪感からか、目の泳ぎっぷりが半端ない。

「そうです。えっと、えっと、私は彼から言い寄られました！」

令嬢その二も、とんでもないことを言い出した。事前に指示された台詞を思い出そうと必死なのか、無理矢理感がすごい。

手近な令嬢を誘惑したのかもしれないが、明らかに演技に向いていない人選だ。

「そ、そうです！　それから、セクハラされました！」

令嬢その三の言い分には、多くの貴族が目を剥《む》いた。

……なんなの、この茶番。

(下心満載のロビン様ならともかく、ナゼル様ほどの誠実な美形は、わざわざそんなことをしないのよ。言い寄ったりしなくても、ナゼル様は立っているだけで魅力的なのだもの)

女性からアピールされているのは何度か目撃したけれど、逆はない。

自分がしているからといって、当然相手もそうだろうという前提で成り立つロビン様の作戦は、早くも破綻し始めた。

その証拠に、集まった貴族たちも、うさんくさげにロビン様を眺めるばかりだ。

（そう、状況は以前の婚約破棄の頃と変わっているの）

それなのに、ロビン様は周りの変化に気がつかないのだ。すでに多くの貴族は、彼の言葉を真に受けないようになっている。

ロビン様が彗星《すいせい》のごとく現れた王女殿下の婚約パーティー。

当時は、彼を知らない貴族が大半で、黙って様子見する者や、ひとまずミーア殿下になびく貴族ばかりだった。だからこそ、ああいった流れになり真実は封印され、ナゼル様はさっさと辺境に追い出されたのだ。

しかし今、ロビン様を婚約者に据えたことで、各方面の人々が迷惑を被っている。ナゼル様を呼び戻そうと主張する人が出てきたくらいだ。それほどまでに、彼の素行の悪さは目立ち、味方だった周りの顰蹙《ひんしゅく》を買った。

民の評判もすこぶる悪い。

（第二王子派以外の人も皆、気づき始めたのね。ナゼル様は、えん罪を着せられたのだと。黒幕はロビン様の方だったのだと）

その上で、今回の空虚な罪のでっち上げ。

もはや、乾いた笑いしか出ないといった雰囲気だ。

ナゼル様も無表情ながら、ロビン様の作戦に呆《あき》れているのがわかる。

「俺はアニエス以外の女性には、全く興味が湧かないのだけれど。君たちは誰なのかな？　ロビン殿に弱みでも握られた？」

「なっ……そんなことは……！　ロビン様は優しくて、私の悩みを聞いてくれただけよ！」

女性の言葉に、今度は王女殿下が反応する。

「あ、あなた……ロビンに手を出した泥棒子爵令嬢じゃない！　ひと月ほど前に勘当させたはずなんでここにいるのよ、ロビン！」

「あー……人違いじゃないかな、ミーア」

「いいえ！　そこの女も、そっちも、もう一人も、わたくしが親に圧力をかけて家から追い出させたのよ！　ロビンだって浮気相手は修道院へやって清算するって言ったじゃない！」

「うへぇ！　全員把握しているの？」

どうやら、ロビン様は過去の女性を連れてきて、言い訳に使おうとしていたようだ。

（リリアンヌのときのように、彼女たちはロビン様に恋して盲目になっているのね。乙女心を利用して悪事に誘導するなんて、最低な人だわ。しかも、今の会話……「清算」って、修道院経由で売るという意味よね？　それじゃあ、やっぱりミーア殿下も人身売買について承知の上で動いていたの？）

ともかく、ミーア殿下とロビン様のすれ違いから、彼が仕掛けたナゼル様への糾弾材料が限りなく怪しいと疑惑を呼んでしまった。

事前の打ち合わせ不足というか、コミュニケーション不足というか……二人は互いに足を引っ張り合っている。

「もうっ！　ミーアはちょっと黙ってよ～。俺ちゃん、今からナゼルバートを断罪するんだから」

「駄目ですわ！　ナゼルバートには、仕事をさせなければならないのですから。王配に据えると伝えていますでしょ？　お母様の意向でもあるのよ？」

「反対だよ～！　王配は俺ちゃんだけで十分だよ～！」

「だから、あなたが仕事ができないから悪いのですわ！」

「俺ちゃんのせいにしないでよ。そんなに言うんだったら、ミーアが仕事すればよくない？　ナゼルバートほどじゃなくても一応できるでしょう？」

「嫌です！　ここで彼の名前を出さないで！」

貴族たちが集まる前で、ミーア殿下とロビン様の喧嘩が始まってしまった。

取り残された三人の令嬢は、ただオロオロと縮こまることしかできないようだ。

（これ、何もしなくても、二人は自滅するんじゃないかしら……）

少しだけ期待したものの、ことはそう簡単に進まなかった。

新たに聞き覚えのない鋭い声が飛ぶ。

「お前たち！　何を言い争っている！　見苦しいぞ！」

声の方を見ると、堂々とした姿の王妃殿下と彼女の後ろにちょこんと立つ国王陛下が階段を下りてくるところだった。金糸で装飾された重厚な深紅のドレス姿は、彼女がこの場で一番の権力者だと雄弁に物語っている。

「お、お母様！」

救いを求めるように、ミーア殿下が実の母親を振り返った。

王妃殿下はゆったりした仕草で王女殿下の傍に立つと、周囲の貴族を睥睨《へいげい》しながら手に持つ扇を広げて赤い唇を開く。

「妾《わらわ》がいない間に何かあったか？　この騒ぎは何事じゃ？」

「お母様、酷いのよ！　ナゼルバートが、わたくしの王配になりたくないって！　ロビンはロビンで愛人は嫌だと騒ぐのですわ！」

王女殿下は小さい子供のように、全てを王妃殿下に告げ口した。眉根を寄せた彼女はロビンを見据え不快感を露《あら》わにする。

「痴《し》れ者《もの》が。男爵家の庶子風情が妾の決定に異議を唱えるのかえ？」

「…………っ！」

さすがのロビン様も、王妃殿下に返す言葉はないようだった。

つまり、彼が脅《おび》えるほど、王妃は危険人物ということ。

(強い……！　ベルトラン様も、レオナルド様も、過去何回か殺されそうになった経験があると言うし。この中では一番危ない人物ね)

続いて、王妃殿下はナゼル様に視線を移す。

「さて、ナゼルバート。もと婚約者であったというのに、一体、妾のミーアのどこが気に入らぬと言うのじゃ。そなたの親も賛同していることであるから従うのが筋というもの」

「親と私自身の意見は違います。私はこれからも辺境スートレナを治めていく所存ですので。王城で飼い殺される気はありません」

「生意気な。話にならん」

いつの間にか、大勢の貴族に交じって、ナゼル様の弟君であるジュリアン様が私たちの近くに立っている。彼の後ろにいる赤髪の男性二人が、フロレスクルス公爵とナゼル様の兄君だろう。

公爵も兄君もナゼル様に責めるような視線を向けている。以前の話し合いは決裂したようだ。

「ナゼルバート、公爵家の方針に逆らう気か！　一族に恥を掻《か》かせおって！」

彼の父親らしき人物が真っ赤な顔でナゼル様を非難する。公衆の面前で王妃殿下に叱責されたのが気に食わなかったようだ。

「ええ、もうあなた方のやり方は支持できない」

ナゼル様の実家は王妃殿下の血縁に当たり、ミーア殿下とナゼル様は従兄妹同士。

私にとって、ナゼル様の父君と兄君の心証は悪い。彼らは一番苦しい時期のナゼル様をあっさり見捨てた。今更方針などと言い出されても、ナゼル様も従いたくないだろう。

家族で味方だったのはナゼル様の母君とジュリアン様だけだ。

「ナゼルバート、これは妾の命令であるぞ？　そなたは未来の王配となるのだ！」

威風堂々と宣言する王妃殿下だけれど、そこに新たな声が飛ぶ。

「残念ながら、その未来は来ない」

全員がはじかれたように、声のする方向を見た。

王妃殿下の後方、階段の上に正装した長い金髪の貴公子が立っている。商人だったときのうさんくさい雰囲気はなりを潜め、彼は洗練された所作で堂々とこちらへ近づいてきた。

「あ、あのお方は⁉」

「王家の金髪……まさか！　第一王子殿下では⁉」

病弱で寝たきりという設定のベルトラン様は悠々とした笑みを浮かべる。それは周囲の反応を面白がっているようにも見えた。

何も知らない貴族たちの間にざわめきが広がる。

「そうだ！　第一王子殿下に違いない！　ミーア殿下やレオナルド殿下とよく似たお姿だ！」

「第一王子のベルトラン様がどうしてここに⁉」

ざわざわと全員が騒ぎ、大広間に衝撃が走り抜けていく。

ラトリーチェ様は、待っていましたとばかりにレオナルド殿下の隣からベルトラン殿下の隣へ移動する。

レオナルド殿下やジュリアン様もナゼル様の近くに位置取り、反撃の準備が整った。

「ベルトラン、何故お前がここにおる。お前は……ずっと部屋から出られる状態ではなかったはずだ！」

動揺した王妃殿下が感情のままに叫ぶのを見て、ベルトラン殿下は口元を緩めた。

「そうだな、誰かさんのおかげで何度か死にかけた。まあ無事に回避できて、今はピンピンしているが。私が歩き回ったら都合が悪いのか？」

商人の姿とは打って変わった威厳のある態度で、彼は王妃殿下に嫌みを吐く。

実際、ベルトラン殿下は何度も王妃殿下に毒を盛られ、危険な目にも遭っていたらしい。

「あなたのことだから、私の回復を知ればまた殺しに来るだろう？　だからそこを逆手にとって、脅威のない病弱で寝たきりの王子のままでいたのさ。その裏で色々させてもらったけどな……。というわけで、今の私は健康に問題がないし、こっそり真面目に勉強したおかげで政務もできる。ナゼルバートに師事した、出来のいい弟のレオナルドも私の味方だ。ミーアが女王になるより将来安泰だろ？」

レオナルド殿下も、同意するようにうんうんと頷《うなず》く。

貴族の中にも、王子たちに期待している者がいて、二人に好意的な視線を送っている。

（王妃殿下がいるから皆静かだけれど）

当の王妃殿下の機嫌は悪くなる一方で、鼻筋にしわを寄せた彼女はベルトラン殿下に反論した。

「ミーアが王位を継ぐと妾が決めたのだ！　お前たちは黙っておれ！」

「王位継承者の決定権は、あなたではなく陛下にある。そちらこそ黙ってくれないか」

ベルトラン殿下は引かなかった。

「どの道、ミーアに王位継承は無理だ。彼女と隣の男は罪を犯しすぎている」

隣の男とは、ミーア殿下の後ろにこそこそと移動しているロビン様のことだ。

彼は王妃殿下が苦手らしい。

「辺境スートレナでの不正、殺人未遂、修道院での人身売買、令嬢への詐欺行為などなど……。お前たちの悪事の証拠は全て摑《つか》んでいるんだ。ここで暴露させてもらおう」

「う、嘘よ！　ロビンは悪くない！」

兄の言葉を遮るように、ミーア殿下はロビンでしょ？　わたくしとロビンは無実だわ！」

「悪事を働いたのはナゼルバートでしょ？　わたくしとロビンは無実だわ！」

「何を馬鹿なことを。ロビンの罪はミーアも知るところだろう。なんせ、人身売買についてはお前も関与しているのだからな。言っただろ、証拠は全て摑んでいると」

そうして、その場で彼らの罪状を全部暴露するベルトラン殿下。

「ミーア、お前は嫉妬から令嬢の実家に圧力をかけ、勘当された令嬢を修道院へ送り、そこから各種権力者に売買していたな。実行犯はロビンだが、ミーアはそれを黙認している。さらに、スートレナでロビンは魔獣を特定の地域に向かわせるよう仕組んで金を得ており、その伝手《つて》を使い領主であるナゼルバートの暗殺まで計画した。未然に防がれたが、ナゼルバートが倒れたら大変なことになっていたぞ」

ミーア殿下は「嘘よ！」を連呼し、ロビン様は一人だけ今にも逃げ出しそうな構えを見せている。

「お、俺ちゃん、急な腹痛が……マジやばーい」

「おっと、逃げるのはまだ早いぞロビン。こちらもお前と同じように証人を呼んである。ミーアとお前の罪状を包み隠さず話してくれるそうだ」

笑いを含んだ声で、ベルトラン殿下はロビン様に告げる。

「し、知るかっての！　俺ちゃんは忙しいのっ！」

走り出すロビン様だけれど、そんな彼をがしっと掴む大きな人影が。

「……やっと会えたな、ロビン。ついに年貢の納め時だ……逃がさんぞっ！」

力強く彼の襟首を掴むのは、私の護衛として密《ひそ》かにパーティーに参加していたトッレだった。恨みを晴らせるときを迎えた彼は絶好調だ。

「ふんぬうっ、大人しくしろ！　今こそ、リリアンヌの悲しみを晴らしてやる！」

「ちょ、離せよ、筋肉馬鹿！」

「今だ、リリアーンヌッ！　ロビンの全ての罪を明らかにするんだっ！」

トッレや二人の王子殿下に促され、最初に証人として登場したのは、かつてロビンに誘惑され、全てを失ったリリアンヌだった。

「私は先ほど説明のあった事件にかかわった罪人ですが、証言のために一時的に釈放されています。今日はその罪を犯すに至った経緯を、包み隠さずお話しします」

覚悟を決めたリリアンヌは、スートレナ領で起きた事件の背後関係やロビン様の手口などを詳しく説明し始めた。

「そもそもは、ロビンが各地で悪事を働いていたのが原因でした。魔獣被害に手を焼く領主の一人に、金の力で魔獣を他領におしつけることを提案し……」

スートレナ領の貴族間で不正が行われた事実や、彼らとロビン様の実家が繋がっていたことなど、次々と罪が明らかにされていく。

「そうして、ロビンは実家を勘当されて行き場を失った私に、ナゼルバート様の暗殺を命じたのです。愚かな私は彼の言いなりになって犯罪に手を染めました」

全てを言い終えたリリアンヌに向けて、ロビン様が反論する。

「はあ？　俺ちゃん、身に覚えがないんですけど～！　ちょっと優しくしてやっただけなのに、何勘違いしてるの、ブス、ブ～ス！　困るんだよね～、自意識過剰な女って」

リリアンヌを貶《けな》し始めたロビン様だけれど、彼の襟を摑んでいるトッレの拘束力が強まったのか、「グエッ」と一声呻《うめ》いて大人しくなった。

私は証言を終えたリリアンヌを保護し、離れた場所で休ませてあげる。

「証言してくれてありがとう、リリアンヌ様。大丈夫？」

「ええ、アニエス様。私のことは気になさらないで。あなた方が与えてくださった、寛大な措置に報いたかっただけです。少しでもお役に立てたのなら、よかった……」

毅然《きぜん》とした表情で、リリアンヌは成り行きを見守っている。

そこにいるのは、他人に依存し縋ることで精神の安定を保つ弱々しい令嬢ではなく、現実を受け止め前を向く、一人の強い女性だった。

続いて、人身売買について、留学先から一時的にデズニム国に帰国したポールが証言する。

「ロビン殿に唆されて両親が関与した、人身売買についてお話しいたします。社交の場で孤立を深めていたエバンテール家に、ロビン殿の使者と名乗る男が現れて……」

すっかりエバンテール式の装いを卒業したポールは、堂々とした態度で両親やロビン様の罪を明らかにした。

留学の効果か、弟が以前よりもしっかり成長した気がする。

「両親は実家を勘当されて修道院に身を寄せた令嬢と、人身売買業者の繋ぎの役目を果たしていました。その後の調査で、業者はロビン殿のご実家が経営していたという事実が明らかになっております。なお、男爵家は別ルートでも人身売買に関与していました。別件で王女殿下個人が数人の貴族に接触し、令嬢の売買情報を流したことも発覚しております。どうやら、気に入らない令嬢を、より悪質な貴族に売り渡そうと動いていた模様で」

孤立し弱った相手に近づき、甘い言葉で唆すのがロビン様のやり口。藁《わら》にも縋る思いで彼の手を取った者は、上手《うま》い具合に騙《だま》され、都合よく使われた揚げ句に捨てられてしまう。

そのような悲劇は、ここで断ち切らなければならない。王女殿下のなりふり構わない振る舞いも、正されるべきである。

ポールのあとにも、王子殿下が手配した証人が次々に現れて、王女殿下やロビン様の罪を明らかにした。証拠の品も提示されている。

会場は騒然とし、ミーア殿下とロビン様には貴族たちからの冷たい視線が刺さった。

「な、なっ、悪いのは令嬢たちですわ！　わたくしの相手と知りながら、ロビンに手を出したのですから！　そうでしょ!?」

言い訳する王女殿下だけれど、彼女の話す内容は自分の罪を認めたも同然。

「俺ちゃんだって、悪くないし～！　全部、パパンがやったことだよ～！」

ロビン様も、この期に及んで他人に罪をなすりつけようとしている。親である男爵も会場にいたようで、彼の方へ一気に視線が集まった。

金に糸目を付けない贅沢《ぜいたく》な装いと、飽食でたるみきった体の男爵は、息子から受けた言葉に動揺し目を泳がせている。

「な、何を言うのだ、ロビン！　全てはお前が計画した犯罪じゃないか！　パパは資金と人手を貸してやっただけで……あっ」

なんと、男爵までうっかり自分の罪を肯定してしまった。もう、彼らに逃げ場はない。

王子殿下が手配した兵士が、ロビン様たちを取り囲む。

しかし、そこに王妃殿下が待ったをかけた。

「無礼な！　そのような真似は妾が許さぬぞ！」

扇を取り出し振り回す王妃殿下に向け、ベルトラン殿下がにっこりと微笑む。

「王妃！　もちろん、お前も連行させてもらうから安心しろ」

「なっ！　妾が何をしたというのだ！　適当なことを抜かしよって！」

「よくそんな口が叩《たた》けたものだ。私やレオナルドが何度毒を盛られ、刺客を送られたと思う？」

ベルトラン殿下の言葉に、再び会場がざわめき出す。

貴族たちが、「まさか、第一王子殿下が寝たきりだったのは……」などと、口走っている声が耳に入る。途中で回復したけれど、殿下が毒を盛られたのは事実なのだ。

実際にはベルトラン殿下は無事だったものの、「彼が寝たきりだった」という話が、王妃が毒を盛った信憑性《しんぴょうせい》を高める形になってしまった。

「証拠などないではないか！　お前たちのでっち上げにはうんざりだ！　不敬であるぞ！」

そのタイミングで、王妃殿下の前に三人の見知らぬ男性が現れる。彼らに見覚えがあったのか、王妃殿下は大きく目を見開いた。

「俺たちは、王妃殿下に二人の王子殿下の暗殺を命じられました！」

「部下を盾に取られ、脅されました！」

「暗殺の仕事を失敗したからと、身一つで城を追われました！　しかも、追っ手まで差し向けられ、間一髪のところをベルトラン殿下に助けていただきました！」

男性たちは口々に王妃殿下を糾弾し始める。その様子を眺めつつ、ベルトラン殿下がため息を吐いた。

「王妃よ。重要な仕事を任せた部下を無下に扱うものではないぞ？　このように、嬉々《きき》として真実を話してくれるようになるからな」

「くっ……！」

唇を噛《か》みしめる王妃殿下はまだ諦めていないようで、会場の端を睨《にら》んで声を張り上げる。

「お前たち、仕事だ！　無礼者共を一人残らず始末せよ！」

声と同時に、会場の隅にいた一部の兵士が動き出す。彼らは王妃殿下の息がかかった私兵だった。

驚いた貴族たちの悲鳴が上がる。

「皆さん、落ち着いてください。こちらへ……！」

私とリリアンヌ、ついでにポールはパニックに陥る貴族たちを宥《なだ》めて避難誘導する。もちろん、王女殿下とロビン様の赤ちゃんも避難させた。

その隙に、戦うことのできるナゼル様やトッレが、敵の兵士に立ち向かう。

しかし、王妃殿下の私兵の数は多く、階段の上からも次々に増援が現れた。兵士の中に自分の味方をたくさん紛れ込ませているなんて、さすが王妃殿下だ。一筋縄ではいかない。

「ちょっと加勢してくるわ」

ドレスのポケットに手を忍ばせた私は、会場の真ん中へ向かって走った。

「そーれっ！」

ポケットから取り出したピンク色の物体を、王妃殿下の私兵にめがけて投げつける。

これは、ナゼル様が品種改良したピンク里芋で、スートレナでもたくさん実るおいしい食べ物だった。ただ、皮が厚く剝かないままでは固いので改良途中でもある。

そんな芋を私は魔法で強化し、自身の腕も強化した上で敵めがけて投げつけたのだった。投擲《とうてき》の腕も上げたので、かなりの確率で敵に命中している。

「がっ……！」

「ふごっ！」

「ぐはあっ!!」

悲鳴を上げた王妃殿下の私兵が気絶し、次々と床に倒れていった。

落ちた芋を拾っては投げ、拾っては投げを繰り返すうちに、敵はかなり少なくなった。ナゼル様たちも、すでに広間を制圧済みだ。

（あとで芋は回収しなきゃね。食べ物を粗末にするのはいけないわ）

部屋の隅に避難してキーキーわめいている、真っ赤な顔の王妃殿下と王女殿下が見える。

ナゼル様の父君や兄君は武闘派ではないのか、同じく端の方で震えていた。母君は避難済みで、
ジュリアン様は残っているけれど平気そうだ。

（よかった、皆無事……どころか相手を倒しちゃったし）

しかし、ホッとした私の後ろから、ニュッと小麦色の腕が伸びる。ハッと気づいたときには、い
つの間にか移動したロビン様に後ろから抱え込まれていた。

ナイフを手にした彼はその切っ先を私の頬に当てる。

「ロビン様、放してください」

「嫌だね。う〜ん、いい匂いだね、小鳥ちゃん」

「ひいっ！」

首元でクンクン匂いを嗅がれたせいで、全身にまた鳥肌が立つ。

「柔らかい抱き心地……ナゼルバートめ、羨ましい」

「変なところを触らないでください！」

「え〜。せっかくお近づきになれたのに、触らないともったいないじゃん〜」

セクハラ行為を働きながら、ロビン様はナゼル様に向かって叫んだ。

「ナゼルバート！　小鳥ちゃんの命が惜しければ武器を捨てて、俺ちゃんに土下座しろ！」

彼の言葉で、二人の王子殿下やナゼル様がたじろぐ。

なんて卑怯な人なのだろう！　この期に及んで人質を取るなんて！

（でも、私を選ぶなんて……完全に人選ミスなのよね）

怖いけれど、ただ震えているだけでは状況は変わらない。

私は足を上げ、そのまま「えいっ」と、ロビン様のつま先を踏みつける。以前、ラトリーチェ様に教えてもらった、変態撃退用の護身術だ。

武闘派のラトリーチェ様は親に虐待されていた私に酷く同情し、スートレナ滞在中に護身術を一通り仕込んでくれたのだった。

「――――っ！」

高いヒールではないが、パーティー用の靴は踵《かかと》の部分が硬めだ。ぐりぐりと足を動かしていると、ロビン様は苦悶《くもん》に満ちたうめき声を上げる。

「ぐっ!?」

「まだまだ！」

右手側に体をずらし、肘の先で相手のみぞおちを突く。

「ぐはっ！」

「もう一息！」

悶絶《もんぜつ》するロビン様の左腕を掴んで、くるりと相手の左脇の下をくぐり、ぎゅっと相手の腕を背中側へ引っ張る。

「痛でででででっ！　関節技……だと!?」

無理な体勢に悲鳴を上げるロビン様。彼めがけてナゼル様が駆け寄ってくる。

「アニエス！」

相手が関節技を受けて動けないところへ、長い足で容赦なく跳び蹴りを決めるナゼル様。

「ロビン！　よくも私の妻に……！」

私を保護して抱きしめるナゼル様は、ロビン様を捕縛するよう指示を出す。

すると、ベルトラン殿下が手配した王妃殿下の息がかかっていない兵士がやって来て、素早く彼を拘束した。気絶したロビン様はブクブクと泡を吹いている。

「ごめんね、アニエス、怖かったね。大丈夫かい？」

「はい。ロビン様がとっても弱かったので、私でもなんとかなりました」

「この期に及んでアニエスに抱きつくとは。なんて危険な奴なんだ」

私が関節技を決めなくても、ナゼル様は助け出してくれたと思う。けれど、ほぼ自力で解決できてホッとした。

護身術の師であるラトリーチェ様が、嬉しそうにこちらに目を向けている。

「王妃と王女を連れて別室へ」

ベルトラン殿下の言葉に、兵士が忠実に従う。王妃殿下たちに味方する者は、もう一人もいなかった。

その光景から、すでに王宮の勢力図が書き換わったと理解する。

最後に陛下を仰ぎ見たベルトラン様は、ニヤリと笑って彼に話しかけた。

「そういうわけですので父上、約束は守ってくださいね」

瞑目《めいもく》した陛下は、ゆっくり頷く。

「……もとよりそのつもりだ。よくやったベルトラン、レオナルド。ナゼルバートよ、協力感謝する」

陛下は踵《きびす》を返し、連行される王妃殿下と王女殿下を追うように、悠々とした足取りで大広間をあとにした。

「ナゼルバート、私からも協力を感謝するぞ！」

笑顔のベルトラン殿下と覇気のないレオナルド殿下。対照的な二人だけれど、どちらも一仕事を終えて安堵しているように見える。

「やーっと、うるさいのがいなくなった」

頭の後ろで手を組むラトリーチェ様もご機嫌だ。

「うるさいのとは？」

「王妃と王女だよ、アニエス夫人。人質は身の程をわきまえろとかなんとか、いちいち突っかかってくるんだ」

「あらまあ。ポルピスタンの方が大国なのに、そこのお姫様を大事にしないなんて」

私はそれ以上追及しないと決めた。どんどんぼろが出て来そうだ。

「あとの城内の問題は、私たちで片付ける。とはいえ、後日また助けを必要とするだろうから、二人は先に客室で休んでいてくれ」

慌ただしく動き回る殿下たちの指示で、私とナゼル様は一旦用意された部屋へ戻る。

なんだかんだで、殿下たちに体よく利用されてしまった感があった。別にいいけれど、それならそうと言って欲しかったとは思う。

「国王陛下は初めから、事態が収束するのを待っていたのかもしれないね。一人で王妃を押さえ込むには力が足りず、かといって国のことを考えればミーア殿下が女王になるのは避けたい」

「ベルトラン殿下は、『約束』とおっしゃっていました」

「そうだね。彼らの間で密約があったのだろう。なんにせよ、アニエスと離れずに済んでよかった。最初から別れる気はないけどね」

そう言うと、ナゼル様はドレスを着たままの私を抱き上げ、客室のベッドの上に下ろした。

「アニエス、大丈夫そうだけれど。怪我《けが》はない？」

「はい。王妃殿下の私兵からもロビン様からも、傷一つ付けられていないので大丈夫ですよ。ロビン様はいろいろ触ってきたので嫌でしたが」

ナゼル様の額に貴重な青筋が浮かんだ。

「ロビンめ、絶対に許さない。彼の処分に関しては、俺からも口出しさせてもらう」

ナゼル様は、自分がロビン様に嵌《は》められたとき以上に怒っている。

「あ、あの、ナゼル様」

「ごめんね、自分でも取り乱しているのはわかっているんだ。でも、君が絡むと余裕がなくなってしまう」

言うと、彼は体重をかけて私に覆い被さってくる。心臓がドキドキとうるさく音を立てた。

「ナ、ナゼル様……ふむぅっ……！」

優しく唇を奪われ、ぼうっとなる頭で考える。

（いろいろな事件が一度に押し寄せてきて、無事に解決して、ナゼル様は思いのほか不安定になっているのかも。いつも完璧だから、なかなか気持ちを表に出してくれないのよね）

わかりやすく、ロビン様に怒っているけれど、ナゼル様の余裕のなさはそれだけではない気がした。

（だとすれば、私にできることは？）

愛おしいナゼル様の頬に、そっと両手を伸ばして触れる。

すると、彼はハッとしたように動きを止めた。

「ご、ごめん、アニエス。強引だったね。ドレスがしわくちゃに……」

「伸ばせますので大丈夫ですよ。それよりも、明日からの仕事もありますので、ナゼル様はきちんと休まなければなりません。今は落ち着かない気持ちでしょうけれど、私でよければなんでもお話ししてくださいね」

「……ありがとう」

「私は、ナゼル様の妻ですから」

大好きな人の力になりたいと願うのは、普通のことだ。

「さて、まずは着替えましょう。ナゼル様の上着もしわしわになっていますよ」

「わぁ……本当だ。ケリーに怒られるね」

クスクスと笑い合って、私たちはそれぞれ軽装に着替え直す。

もちろん、二人の衣装のしわはケリーに見つかり、彼女は無表情のまま小さくため息を吐いたのだった。


翌朝、私とナゼル様はベルトラン殿下に呼び出された。

第一王子が自ら客室まで来たのには驚いたが……よく考えるとベルトラン様なので、なんでもありなのだと思う。

「昨日の今日ですまないな。事の顚末《てんまつ》を説明するから謁見室までついてきてくれ」

「謁見室ですか？」

ナゼル様の言葉に、ベルトラン殿下はこくりと頷いた。

「陛下からも話がある。アニエス夫人も来るといい」

私とナゼル様は顔を見合わせ、ベルトラン殿下のあとに続いた。そうして、謁見室へ足を踏み入れる。

こんな場所に来たのは初めてなので、私は緊張で全身がガチガチに固まった。

「アニエス、大丈夫だよ」

慣れた様子のナゼル様が抱き寄せてエスコートしてくれる。

謁見室内にはラトリーチェ様やレオナルド殿下もいた。当然だけれど、王妃殿下、王女殿下、ロビン様はいない。

青色の絨毯《じゅうたん》が延びる部屋の奥、玉座に腰掛けた陛下が私たちを見て立ち上がった。

「よく来たな、二人共。此度《こたび》はご苦労であった。王妃の悪事、王女やロビンの罪も明るみに出て、国の危機はひとまず救われた」

陛下の言葉に、ベルトラン殿下が突っ込みを入れる。

「何言ってんの、陛下。元はと言えば、アンタが頼りないからこんなことになったんでしょ。最初から威厳を持って王妃を止めていれば、ミーアもロビンもあそこまで増長しなかった」

「うう、面目ない。でも儂《わし》には無理だ……。王妃も両公爵家も常に儂の動向に目を光らせておったからな。少しでも何かあれば消されていたかも知れん。だから、お前たちに裏で動いてもらったのだ。レオナルドのことは警戒していたようだが、ベルトランは完全に盲点だっただろうよ」

「全く……面倒ごとを全部、こっちに押しつけただけじゃないか」

「怒るでない。儂はこれで約束通り引退する、今回のゴタゴタの責任を取る形でな」

「ああ、あとは私が継ぐから陛下は安心してくれ」

昨日彼が言っていた「約束」とは、王位交代を指していたらしい。続いて、ベルトラン殿下と陛下は、私とナゼル様の方へ目を向ける。

陛下は改まった声音で私たちに告げた。

「そういうわけで、ナゼルバートよ。これからはベルトランを支えてやって欲しい」

「かしこまりました。しかし……私は、辺境スートレナの領主です。王都にいる予定はないのですが？」

ナゼル様はやや困惑した表情を浮かべたが、ベルトラン殿下は気にする様子もなく答える。

「それでいい。スートレナは重要な土地だから、私はお前たちと友好な関係でいたい……という意味だ。ナゼルバートがスートレナに帰りたがっているのは知っている」

「なるほど。それなら喜んで。王都でベルトラン殿下を助ける役目は、弟のジュリアンに任せます」

「それは助かる。フロレスクルス公爵家の次期当主は、ジュリアンになりそうだしな……。お前も知っているだろうが、現当主と長男は、王妃の企《たくら》みに加担していた事実が判明したんだ。このままにしておけないので捕縛は免れん。だが、フロレスクルス家を取り潰す気はないから安心しろ」

「父と兄が申し訳ございません。寛大な処分に感謝します」

「邪魔者を捕らえ、お前やジュリアンを味方に付けられたのだから、私にとっても悪いことばかりではない」

陛下とベルトラン殿下は続いて王妃殿下や王女殿下、ロビン様の処遇について話をする。

「まず、王妃と王女は身分を剝奪の上、罪人たちが暮らす孤島に追放する。温暖で自然豊かな場所だから、過度に贅沢をしなければ庶民として普通に生活していけるはずだ。あの二人には難しいだろうがな。そしてロビンに関してだが……孤島で余計な騒動を起こしかねないから、奴だけは別の刑に処すことにした」

ベルトラン様が面白そうに目を細めて、ロビン様の処遇を教えてくれる。

「あいつへの罰は、女人禁制の修道院で一生軟禁生活を過ごすというものだ。そこは我が国で一番厳しいと有名、かつ人身売買騒動に唯一加担しなかった場所でな。院長とは知り合いなので、心身共にロビンを鍛え直してくれと言っておいた」

ナゼル様が首を傾げつつ殿下に問いかける。

「しかし、ロビンの魔法は危険ではありませんか？　彼が使うのは人心を惑わす類いの魔法だと感じたのですが……」

「ロビンの魔法はそのような大したものではない。ミーアは『聖なる魔法』などと呼んでいたが、いわば『微弱な精神治癒や浄化』だ。本来なら恐れるような魔法ではないが、口の達者なあいつが使ったからこそ事件になったのだろう」

少し考え、私は会話に参加する。

「あの……そういえば、ロビン様に魔法をかけられたとき、胸の奥が洗われてすっと晴れるような変な感覚がありました。『浄化』とは、そういった効果を指しているのですか」

「ああ、そうだ、アニエス夫人。ロビンの浄化は精神に作用し、一時的に負の感情を消し去って、相手の心を無防備にできる」

「……微弱とはいえ、怖い魔法ですね」

「皆が皆、アニエス夫人のように心の強い女性であればいいが。ロビンの口の上手さにやられて、コロッと気を許してしまう令嬢があとを絶たなかった。精神に作用する『治癒』や『浄化』は中毒性もあり、悪用すれば被害が拡大すると我々は判断した」

「修道院で被害は出ませんか？」

「念のため、魔法は封印しておく。部下に軽微な『魔力封じ』の魔法を使える者がいるから、ロビン程度の魔法なら封じることが可能だろう。今まであいつは令嬢にばかり魔法を使っていたというから、封じなくても害はないかもしれないがな」

男性だけの修道院。

女性が大好きなロビン様にとっては、きっと辛い環境になるだろう。ロビン様が修道院へ行けば、これ以上セクハラされる被害者が出ないだろうから、いい処罰だと思う。

そうして数日後、私たちは辺境スートレナへ戻った。

その約一月後、国王陛下が退位し、新王としてベルトラン殿下が立ち、ラトリーチェ様が王妃に収まったという知らせが国中に広まる。レオナルド殿下は兄の補佐に回っているようだ。

彼らがいる限り、デズニム国はしばらく荒れることはないだろう。

二大公爵家は力を失い、ナゼル様の実家はジュリアン様が継いだ。彼はレオナルド殿下と仲がいいらしく、しょっちゅう顔を合わせているのだとか。

パーティーのあと、隣国ポルピスタン国へ戻ったポールは、勉強に精を出し頑張っている。

しかし、なぜか度々ケリー宛に手紙を送っているようだ。ケリーがポールからの手紙を見せてくれたけれど、なんというか、ラブレターのように見えなくもない。

（……もしかして）

ポールがスートレナの屋敷にいたとき、主に世話を焼いていたのはケリーだ。

（あらあら、そういうことなのね。ケリーは手強《てごわ》いわよ、ポール）

ケリー自身は、ポールからの手紙をラブレターだと考えてはいない。

密かに弟の恋を応援しつつも、道のりは険しいと思う私だった。

※

呼び出された謁見室の中で、兵士に引き立てられたロビンは、不満たらたらな態度の王女ミーアと再会した。

拘束こそされていないものの、後ろでは兵士が目を光らせているので下手な真似はできない。

かつては互いに愛し合い、子までなした仲だというのに、ロビンの心は冷めている。

もともと、ミーアの伴侶になったのは、彼女の地位が目当てだったからだ。

（でなければ、誰があんな我《わ》が儘《まま》で面倒くさい女の夫になるかっつーの！　顔と体はなかなかだけどさ！　俺ちゃんは小鳥ちゃんの方がタイプ〜）

ちなみに、我が子の存在はロビンの頭の中から完全に消えていた。

ロビンにとっての子供は、将来王配の地位を得るための道具でしかなく、生まれさえすればあとは用済みなのだ。

王女のミーアにとっても自分の子供は、ロビンを傍につなぎ止めておくための枷《かせ》でしかない。

どうやって、この場で言い逃れをしようかと、ロビンは考えを巡らせる。

目の前に座った国王が、王妃と王女、そしてロビンにそれぞれの処罰を告げた。

「王妃とミーアは、身分剝奪の上、ペッペル島への追放処分とする！」

処分を聞いた瞬間、二人から盛大な悲鳴が上がる。

ちなみに、王妃とミーアも勝手な行動ができないよう、背後に兵士が控えていた。

「う、嘘よ！　お父様！　ペッペル島って、罪人を収容する島じゃない！　娘に対して、あんまりな仕打ちですわ！」

「そうだ！　妾を誰だと思っておる！　そのような真似は許されぬぞ！　公爵家が黙っておらぬ！」

二人の言い分を聞いた国王は、ゆっくりと言い聞かせるように話を続ける。

彼の横には、いつの間にか二人の王子が立っていた。

「王妃よ、話していなかったが……二大公爵家の当主は一足先に追放処分となった。ペッペル島とは別の島にすでに送られておる。お前たちを同じ島に置くと、碌《ろく》なことにならなそうだからな」

デズニム国にはいくつかの離島がある。いずれも、罪人を隔離するための場所だった。

二つの島は温暖で環境は悪くないが、王都でのような贅沢で先進的な暮らしはできない。

贅沢三昧をしていた貴族にとっては、かなり辛い場所だと思われた。

(ん!?　俺ちゃんも島流しなの!?　でも、原始的な生活に目を瞑《つぶ》れば自由度が高いから、なんとかなるかも)

現地でどう動くか考えを巡らせていると、国王の目がロビンに向いた。

「ロビンよ。そなたには、二人とは別の場所に行ってもらうぞ」

「へ……？」

「そなたの行き先は、女人禁制のセンプリ修道院だ。そこで、監視されながら一生清貧に生きるといい」

あまりのことにロビンは一瞬言葉を失ったが、我に返って大きな声で反論する。

「ええっ!? 俺ちゃんだけ、なんで！」

聞き違いでなければ今、女人禁制の修道院などという、とんでもない言葉が聞こえた。

男だらけの施設なんて、ロビンの行きたくない場所ナンバーワンである！

「絶対に嫌ー！ せめて、女の子のいるところにしてよ!? 一生を野郎に囲まれて過ごすなんて、何を楽しみに生きていけばいいの!?」

「だからこそ、罰になるのだ」

「ふ、ふざけんなよ！」

こんな処分は断固拒否だと、ロビンは強く両手を握りしめる。

(撤回させるためには……そうだ！)

咄嗟《とっさ》に考えを巡らせたロビンは、なりふり構わず修道院行きを回避しようと叫んだ。

「俺ちゃんは、俺ちゃんは、王族の血を引く子供の父親なんだよ!?」

今まで特に気にしなかった「子供」という存在を盾に、強気な言葉を続ける。

「子供には、父親が必要だってば！　俺ちゃんと離れたら、子供が可哀想《かわいそう》だろ!?」

これには、王女も即座に反応する。

「そ、そうですわ！　子供には親が要りますわ！　父親だけでなく、母親も！」

「祖母も必要だ！　妾も孫と離れるのは反対だ！」

王妃まで便乗し、わけのわからない事態になってきたが、修道院行きが回避できるのならなんでもいい。

しかし、国王の隣にいる第一王子がロビンたちの前に立ちはだかる。

「本当に馬鹿な奴らだな。散々子供を放置しておいて、今更身内面するなんて。子供のことは心配ない、乳母が養子にとって面倒を見てくれるそうだ。いつも赤ん坊を気にかけていた彼女は、お前たちよりもずっと親の役目を果たしていた」

「そ、そんなっ！」

「先日、大広間で騒ぎがあった際も、赤ん坊を守り抜いたのは乳母だ」

王妃と王女は、それ以上、何も言えなくなってしまった。

王女の乳母となる人間は、それなりの身分を持つ貴族の家の出身だ。

（たしか、乳母は伯爵家出身の夫人で、俺ちゃんの子供と同い年の女児がいたんだよね。王族でなくなったとしても、子供に苦労はないだろうけど……それじゃ、俺ちゃんが困るんだよな）

なんとか逃げたいが、魔法は事前に封じられてしまっている。絶体絶命だった。勝ち誇った表情を浮かべる王子が憎い。

「くぅっ!?」

「ははは、煩悩まみれのお前には辛い措置だが、去勢されるよりはいいだろう」

「えっ!? 去……!?」

「一部の過激な貴族からは、そういう要望も出ていた。主に妻にちょっかいをかけられたり、婚約者を誘惑されたりした辺境の貴族からな。さすがにそれはと思い却下した。そっちの方がよいならそうするが?」

「ぴいっ!?」

ロビンは慌てて大事なところを両手でガードした。

すっかり大人しくなったロビンは、数日後に滞りなくセンプリ修道院へ移送されたのだった。

それから、灰色の石壁が立ち並ぶ、寒々しい修道院での日々が始まった。

ロビンは廊下の隅で、一人横になりうずくまっている。刑を言い渡されてすぐ、国の北端にある修道院へと移送されてからが、彼にとっての悪夢の始まりだった。

(うう、なんで、俺ちゃんがこんな目に! それもこれも、ナゼルバートのせいだ!)

ここ、センプリ修道院は知る人ぞ知る、女人禁制の厳しい修道院。

どうして女人禁制なのか。それは、あらゆる煩悩を滅するためだった。

修道院の男たちは、日々己の肉体と精神を鍛え、ときには仲間同士で肩を寄せ合い、険しい環境下でひたすら徳を積んでいた。そんな中に、煩悩の塊で女の子が大好きなロビンが、一人放り込まれてしまうなんて地獄である。

指定された白と紺の、お洒落《しゃれ》もへったくれもない衣装を押しつけられ、難しすぎてよくわからない祈りの言葉を毎日強要される。居眠りは許されず逃げる場所もない。修道院の門扉はロビンの脱出を拒むように固く閉ざされていた。

その他にも、質素な食事がまずすぎたり、ベッドが固すぎたり、野郎と相部屋だったりと不満点はたくさんあった。

(反抗したら厳《いか》つい鬼のような修道士が来て、教会の裏庭で説教されるし)

しかし、質素な生活環境に関して言えば、下層庶民出身のロビンは割と慣れっこだ。

得意の魔法も封じられている。同性の心の内なんて見たくもないけれど。

男爵家に拾われるまでは、ここよりも酷い環境で暮らしていた。

(刑を下した王族や貴族の連中には、予想できなかっただろうね。ばーか、ばーか!)

暗い笑みを浮かべると、すぐ近くで怒鳴り声が響いた。

「見つけたぞ、ロビン! 貴様、こんな場所に隠れていたのか!」

「げげっ! バレた! 鬼修道士!」

実はロビンは言い渡された予定をさぼり、人のいない場所で昼寝の体勢に入っていたのだ。

現れたのはロビンの指導員である、大きく力強い修道士だった。彼は修道院中の男たちを配下に治めており、ここでは絶大な影響力を誇っている。

「この時間は体術訓練を受けろと言ったはずだ! 煩悩を捨てて清貧に生きよ!」

センプリ修道院の修道士はいざというときに教会を守るため、日頃から体を鍛えている。中には騎士に匹敵する戦闘力を持つ者もいた。

（でも、俺ちゃんは、体術なんて極めたくなーい！）

ロビンは全速力で廊下を走ったが、あっけなく捕まり、ズルズルと訓練場へ引きずられていった。

楽をすることを至上とし、チャラチャラ生きてきたロビンは運動神経があまりよくない。走るのも遅いし体術もできない。

（小鳥ちゃんに負けるくらいだし）

そうして無理矢理連れて行かれた先は、むわんとした熱気の漂う、男臭い屋内訓練場だった。ふんどし姿になったムキムキの修道士たちが汗を流し、湿った体で抱き合いながら一生懸命体術訓練に取り組んでいる。

ちなみにふんどしとは、遥《はる》か東方の異国から伝わったという下着の一種だ。尻たぶが丸出しになる。

「フーンッ！　トォーッ！」

「テイヤーッ！　タァーッ！」

気合いの入ったかけ声が響く中で、ロビンもふんどし姿になれと強要される。

「い、いやだーっ！」

「問答無用！　服を脱げ――――！」

無理矢理衣服を剝ぎ取られてふんどしを投げられ、ロビンはふんどし以外の選択肢をなくした。

裸かふんどしか、究極の二択だった。

「犯罪に走るような、腐った性根をたたき直せ！　俺が相手になってやる！」

着替え終わったロビンを見て、鬼修道士が体術の構えを見せる。

「ひぃーっ！　来るな――――！」

服を脱いだ相手の巨体が迫り、思わずロビンはその場を逃げ出した。しかし、鬼修道士はどこまでも追ってくる。

「俺ちゃん、急な腹痛と頭痛と腰痛が……」

「知らん！　改心せよ！」

「ギャァー!!」

ロビンを引きずって走ったからか、中年の鬼修道士はすでに汗をかいており、触れた部分がベタベタヌルヌルした。むわ～んと男臭い香りまで漂ってくる。

（男の汗なんて、気持ち悪いだけだっつーの！）

体術訓練など受けるものかと回れ右すると、むんずと体を摑まれ、ロビンは簡単に床に投げ飛ばされた。

「どうした、ロビン！　少しは反撃してみせよ！」

「無理ぃ～」

いつまでも起き上がらないロビンにしびれを切らせたのか、今度は鬼修道士が覆い被さってくる。

（たしかに、体術訓練には寝技も入っているけどさぁ～。これは駄目でしょ――――!!）

その後も何人もの修道士との訓練を強要され、「おい兄ちゃん、いいケツしてんな～」などと揶揄《からか》われ、本気で貞操の危機を感じたロビンだった。

同じ頃、王女ミーアはイライラしながら真昼の砂浜を歩いていた。緩やかに寄せては返す波の音に耳を傾け、ざらつく砂を蹴って彼方《かなた》を見る。

デズニム国の本土は遠く、影を見ることさえ叶《かな》わない。

「まーったく！　わたくしをこんな目に遭わすなんて、許せませんわ！」

手には大きな陶器の瓶を持っており、中には取れたての貝や海藻が入っていた。

家に帰って、これらを自分で調理しなければ、この場所で生きてはいけないのだ。

ペッペル島はデズニム国にある孤島で、本土から追放された罪人が暮らす場所の一つである。この国には、いくつか刑務所の役割を果たす島が存在した。

気候のいいペッペル島は海にも森にも恵まれ、一年中温暖だ。食べ物には困らないし、質素極まりないが住居も建っている。

罪人の中には布作りや簡易建築の技術を持つ者がおり、最低限の服や道具も手に入る。文明はだいぶ遅れているけれど……。

しかし、ミーアにとって絶対に許せない、大きな問題があった。誰も王族のために働かないのだ！

「なんで、なんで、わたくしが自ら、こんなことをしなきゃならないのよ！　見ていなさい。今に、わたくしに逆らう愚民共に鉄槌《てっつい》を下してやる」

憎々しげに島内の集落を睨み付けたミーアは、えっちらおっちらと瓶を抱えて動き出す。

筋力のない元王女にとっては、軽い瓶でさえ運ぶのが大変で、歩く際にはがに股になった。艶めく髪は潮風を受けてガサガサに傷み、陶器のように白い肌も茶色く日焼けしている。

島に来た当初、ミーアは囚人仲間の島民を集め、居丈高に命令した。

「わたくしとお母様のために、豪華で大きな家を用意なさい！　この島には碌な建物がないみたいね！　それから、わたくしたちは空腹ですわ。気を利かせたらどうなの？」

しかし、島民たちは命令を実行することなく、のんびり家に帰っていく。

「王族の命令が聞けないの!?」

カッとなったミーアが叫ぶと、島民の一人が馬鹿にしたように嗤《わら》って言った。

「腹が減ったなら、自分で何か採りにいけばいいべ？　ちょっと歩けば何か食べ物にありつけるんだから」

「なっ……!?」

「王族だかなんだか知んねえが、ここへ来たからには全員囚人だべ。それも、島流しに遭うくれえ極悪のな。だから、俺たちに貴賤《きせん》はないべ」

残りの島民も「んだ、んだ！」と声を上げる。

ミーアは呆気《あっけ》に取られ、ただ立ち尽くすことしかできなかった。

そして、その状況が今も延々と続いている。

現在、住居は島の外れの掘っ立て小屋。

母にもミーアにも建築の技術はなく、初対面で島民に嫌われてしまった故に、新しく建ててもらえない。仕方なく、住民が亡くなったあとの家に移り住んだ。

城では一番の権力者だった母も、ここでは何もできない。はっきり言って、ミーア以上に！

「ミーア、やっと帰ってきたのか？　妾は喉が渇いたぞ」

娘がこんなにも働いているというのに、母はござの上に寝そべって動きもしない。

島に来てから母の世話を焼くことが多かったが、もう限界だ。

「そんなに水が欲しいのなら、勝手に汲《く》んで来ればいいかが？　わたくしは、食事の準備がありますの！」

ようやく火をおこせるようになり、下手くそなりに、料理できるようになってきた。

調理不要の果物もたくさんあるが、同じものばかりだと飽きがくる。

仕方なく、他の島民の生活を盗み見て、料理の真似事《まねごと》を始めたミーアだけれど……

自分と比べて、母は未だ何もできないままだった。しかも、いつも食べて寝てばかりいるので、この数ヶ月で岩場で見かけるトドのように太ってしまっている。

「お母様、わたくしは忙しいのです」

「ミーア、母に向かって、なんという言い草だ」

「手がかかるだけの足手まといは不要。命令してこないぶん、赤ん坊の方がマシですわ。あまりにうるさいと追い出しますわよ？」

のそりと起き上がった元王妃は、渋々井戸へ出かけていった。

「はあ、ロビンは今頃どうしているのかしら。女人禁制の修道院、ここと違ってきちんとした建物もあるし、食事だって出てくるのだから……羨ましいですわ」

いつ戻れるか目処《めど》も立たない中、ミーアはかつての婚約者を思い出すのだった。

※

あれから、私――アニエスは辺境スートレナで平和な日々を過ごしていた。

今も、ワイバーンと一緒に中心街の上空を散歩している。すっかり一人での操縦にも慣れた。

「ジェニ、いい子でしゅねー」

ワイバーンのジェニは嬉しそうにくるりと回転しながら、屋敷に向けてUターンした。

庭の上まで来ると、目下でナゼル様が手を振っているのが目に入る。

(砦《とりで》から屋敷へ帰ってきたのかしら)

ナゼル様は私を見て目尻を下げ、大きく両手を広げた。

(こ、これは、もしや……自分に向かって飛び降りてこいという意味ね?)

ワイバーンから降りるとき、彼はいつも私を抱き留めたがるのだ。

覚悟を決めて、着地したジェニの上から「えいっ」とナゼル様の胸に飛び込む。

いつものことだけれど、ナゼル様は軽々と私を受け止めた。

「おかえり、アニエス」

「ただいま戻りました、ナゼル様」

「今日は仕事が早く終わったんだ。一緒にお茶しない？」

「喜んで！」

さっそく庭の休憩場所へ向かうと、新人のメイドたちが給仕を習っている最中だった。そう、我が家は屋敷のメイドを増やしたのだ。

理由は行き場を失った令嬢の保護を始めたら、どんどん数が増えてしまったからだった。彼女たちには、ロビン様の被害に遭い実家を勘当されたという共通の過去がある。

パーティーでのロビン様たちの断罪後、勘当が取り消され家に戻れた令嬢もいたのだが、多くの令嬢がそのままだった。

だから、令嬢たちが自立できるまで、スートレナ領主の屋敷で私が面倒を見ることにした。彼女たちが何か仕事を手伝うと言ってくれるので、とりあえず簡単なものを頼んでいる。

（私自身も、勘当されて路頭に迷ったところを、ナゼル様に保護してもらった過去があるからね。同じ目に遭っている子を見捨てられないわ）

令嬢たちが実家を勘当され貴族ではなくなったからといって、平民出のケリーが侍女頭なのはまずいかなと思ったけれど、今のところ文句を言う人物はいない。

どこから噂を聞きつけたのか、その後も家から勘当されたり、自ら逃げ出したりした令嬢たちが続々と屋敷に駆け込んできて、現在は約十二名の新人メイドが在籍していた。実家を飛び出し逃げてきたリリアンヌの妹もいる。

過去に面接で採用した先輩メイドたちは、新人教育に大忙しだ。

（これ以上増えたら、砦に派遣しようかしら。独身の職員が多いし、喜ばれるかも）

彼女たちは庭の草抜きや畑の世話なども厭《いと》わず手伝ってくれるので助かっている。なんといっても屋敷が広すぎるので！

すっかり人に馴れた魔獣のダンクは率先して草を食べ、メイドを助けていた。単に食い意地が張っているだけの気もするけれど、いい子だ。

着席し、ナゼル様とお茶をしながら、今日の出来事を話す。出されたお茶は、最近領地で商品化されたヴィオラベリーのフレーバーティーだ。

「アニエス、スートレナも豊かになってきて、砦での仕事は増える一方だよ。人員も増やさなきゃね。屋敷の方はどう？」

「相変わらず、貴族令嬢がしょっちゅう駆け込んで来ますね。令嬢だけでなく、今朝は傷だらけの幼い貴族令息も逃げ込んできました。彼については、仕事を与えるべきか迷っています。十歳らしいので……」

「この間は令嬢の親が怒鳴り込んできたよね」

「ええ、ですが、虐待されている子を帰すわけにはいきません。ベルトラン陛下やラトリーチェ様が、貴族の家のあり方を改善する方向で動いてくださっていますので、これからは徐々に良くなっていくかと」

令嬢の親が屋敷まで来て、暴力行為を働こうとするときもあるけれど、今のところトッレが全員追い払ってくれている。私の魔法で強化した彼には、よほどの人物でなければ勝てないだろう。よほどの人物が現れた場合は、芋を投げて応戦すればいい。

ジャガイモ、里芋、さつまいも、山芋、こんにゃくいも……などなど、今や屋敷の畑には、ありとあらゆる芋が揃っているのだから。最近では苗の販売も手がけている。

領主の庭の畑は全面的に耕され、様々な作物が実験的に植えられた。私は屋敷の皆と協力して、それらを使った商品開発にも精を出している。

「辛い思いをする令嬢が一人でも少なくなるよう、私も尽力します」

「アニエスは優しいね」

ナゼル様が微笑みながら見つめてくるので、にこりと笑い返す。

城から帰ってきてからというもの、ナゼル様が以前にも増して過保護になった。

長期にわたる王女殿下たちとの問題が解決した安心感や、ロビン様への嫉妬心など複雑な心境が絡み合っているようで、現在それらのはけ口が全部私に向いている。

出会った頃には想像だにしなかったけれど、ナゼル様は意外と愛が重いタイプらしい。でも散々妻を構い倒しても仕事が完璧なのは、さすがナゼル様だ。

「ところで、屋敷の外に、また私の像が造られているようなのですが」

新月に魔獣から人々を救って以来、なぜか領民によりスートレナ各地に私の像が建設されるようになった。

「ああ、あれね。ワイバーンにまたがるアニエスの像も格好いいけど、芋を投げるアニエスの像も素敵だよね。でも、可愛いアニエスが大勢の目にさらされると思うと複雑だな。きっと、よこしまな思いを抱く男が……」

「そんな人はいません」

「どうかな。過去には水着のアニエス像が作られそうになったこともあるんだよ？　俺が領主権限で阻止したけど。アニエスはスートレナの人気者だからね」

町中に像を建てる際は砦に申請しなくてはならない。ナゼル様と私の像を建てたい人々の間でなにやら攻防があったようだ。

「今度建つのは、『豊穣《ほうじょう》の領主夫人像』みたいだよ。巨大なヴィオラベリーを収穫するアニエスという設定みたい」

「なるほど。どうりで、大きな物体を作っていると思いました」

「他にも、『行き場のない人々を保護する領主夫人像』や『メイドに変装する領主夫人像』、あと『領主と領主夫人像』もあるね。俺とアニエスが仲良く見えるように、注文をつけに行こうかな」

「ナゼル様の高い能力を、そんなことに使わないでください」

「これは重大な仕事だよ」

真面目な顔で答えるナゼル様。彼は時折、おかしなことを言い出す。

（それから、私の変装は町の人にしっかりバレているのね）

自分の中で完璧と思っていただけに衝撃を受けてしまった。今度からメイド姿で買い物をしに行きづらい。

「そろそろ部屋に戻ろうかな」

そう言うと、私を抱き上げ移動し始めるナゼル様。

「わ、私もですか？」

「もちろん。アニエスがいなきゃ、やる気が出ないんだ」

「そんな馬鹿な!?」

いろいろなしがらみから解放されたナゼル様は、以前よりも少し我が儘になったけれど、今までが可哀想な状況だったのでそれでいいと思う。

「嫌だった？」

小首を傾げて見つめてくるナゼル様からは、壮絶な色気がだだ漏れている。

「い、嫌じゃないでしゅ！」

なんだかんだ言って、私もナゼル様と一緒にいられるのは嬉しい。

言葉を噛んでしまった妻に構わず、ナゼル様はご機嫌な表情で部屋を目指す。

風が吹き抜け、すっかり綺麗になった庭の花々を揺らした。

（いろいろあったけれど、こんな穏やかな日が来るなんて……今の生活がずっと続けばいいな）

そんな思いを抱きながら、私はナゼル様と辺境スートレナで幸せな時間を過ごすのだった。

番外編　その後のミーア

追放されて一年が経過し、年中暖かいペッペル島での生活にミーアも慣れてきた。

生活に必要なことはあらかたできるようになったし、王女教育を受けたミーアは勉強嫌いだが知識は持っている。それが案外生活に役立った。

ただ、島の識字率は絶望的な低さで、先人の本や書き置きはあれど誰も解読できない悲劇が起きている。無用の長物である本は、島内の空き家の一つにまとめてうち捨てられていた。

暇なこともあり、最近のミーアはその家に勝手に上がり込み読書をしている。

（この日記なんて、農業や漁業についての知識が載っていて、道具の設計図や説明文まであるのに、誰も役立てていないじゃない！　なんなの、田舎島の罪人共は！）

他の島は知らないが、ペッペル島に暮らすのは、教育を受けられないまま大人になった罪人ばかりだ。もともと生活苦に駆られて罪を犯した人間も多い。以前は文字が読める者もいたらしいが、今生きている中にはいなそうだ。

島では罪人の他に島内で結ばれた者同士の子供も多いが、ミーアは全員を一緒くたにまとめて憤慨した。

「まあいいですわ。他人のことは知りませんが、わたくしの生活に役立てますわ」

数冊を持ち帰って実践するという作業を続けていると、なぜか興味を持った島民たちが数人ミーアの周りをうろつくようになった。

「なんですの、見世物ではなくってよ！　シッシッ！」

今はちょうど畑について調べている最中だ。

そこら中に果実が実るので畑作など無用の長物だが、やはり同じものばかりを食べるのは飽きる。

元王女のミーアにとって、毎日代わり映えのしない果物、貝、海藻だけの生活は辛《つら》い。とっくに我慢の限界を迎えていた。

（まず、種の入手が必要ね。定期的に訪れる船の乗組員に頼んでみましょう）

島には最低限の物資を届けるために月に一度本土からの船が来る。島内に監視員が常駐しないので、様子見の意味もあるのだろう。

島から船で脱出しようにも、半端な航海技術や小型の船では海流に飲まれ漂流したり、座礁したりしてしまう。この辺りはそういう海域で、だからこそ罪人の収容にもってこいの場所なのだ。

（過去に船が家畜を運んできたことがあるし、種くらいならなんとかなるかもしれないですわ。農機具も一緒に頼みたいけれど、断られたら自力で作るしかないわね。設計図はあるけれど、わたくしにできるかしら）

王女だった頃のミーアは刺繍《ししゅう》はすれど、工作はしたことがなかった。

（土が合うかも心配ですわ。南方のストーレナでは普通の作物が育たないというし）

ブツブツ言いながら、ミーアはペッペル島の食料改革計画を立てていく。面倒だが嫌な作業ではなかった。

ここにはミーアの一挙一動を逐一観察する部下も、自分と他人とを比較する貴族もいない。ある意味気楽だった。

幼い頃のミーアは本来読書好きで勉強好きな性格だったが、ナゼルバートと婚約し、いちいち彼と比べられるようになってから全てが苦痛に変わった。

周りが期待してもてはやすのはいつもナゼルバートで、自分は彼が国を動かせるようにするための、地位を与えるためだけの道具。

頑張れば頑張るほど全てが嫌になった。

(それでも腐らず努力し続けて、彼と一緒に国を支えていくべきだったのよね。それが王女としての正しいあり方ですわ)

でも、無力感や惨めさに耐えきれず、ミーアは全てを投げ出した。そして都合良く現れたロビンに縋《すが》ったのだ。

今考えれば、ロビンの駄目さ加減を見破れなかった自分を愚かだと思わざるを得ない。母は文句を言っているが、島流しは自分の犯した罪に対して軽すぎる罰だ。

(配慮してもらえたのよね)

だからといって、ナゼルバートは嫌いなままだし、兄や弟も大嫌いだけれど。

翌月の定期船に種や家畜を頼み、翌々月の定期船でそれらを受け取る。家畜を飼う島民はいるが、なんせミーアたちは彼らの大半から嫌われたので何も分けてもらえない。

今回もらえたのは芋苗と数羽の鶏だった。

「これで卵を食べられますわ！　貝だけの生活とはお別れよ！」

ちなみに、ミーアは釣りができない。釣《つ》り竿《ざお》を作れないし、魚のさばき方もわからないし、生きた魚を触ること自体が怖い。鶏《にわとり》小屋《ごや》作りは挫折したが、簡単な柵を用意して放し飼いにした。

元王妃の母は微妙な顔でそれらを眺めていたが、鶏を気に入ったのか、そのうち卵の回収係を受け持つようになった。外で動くことにより、トドのようになった体が、少しでも引き締まればいい。

続いて、ミーアは新たに農機具を作ろうと試みた。結局、種と家畜しかもらえなかったからだ。島で農業をする人間がいないため、不要だと判断された。

（それもこれも、罪人共が同じ食べ物ばかりで満足するからですわ）

腹を立てつつ、空き家で先人の資料を見ながら木製の鍬《くわ》らしきものを組み立ててみる。しかし、何度やっても繋《つな》ぎ目《め》が上手《うま》くくっつかなかった。

（鍬の部分に柄が嵌《は》まらない。穴の大きさが悪いのかしら？）

困っていると、背後から声がかかる。

「何してるべ？」

振り返ると、自分と同じ年頃の日焼けした女性が不思議そうにミーアを見下ろしていた。

最近になって、ミーアの周りをうろつき始めた人間の一人だ。たしか、罪人同士の子供でこの島で生まれた連中だと記憶している。

「見てわからないかしら？　これを作っているのですわ」

ミーアは設計図を指し示した。どうせ馬鹿にしに来たのだろう。気にせず作業を続ける。

「ふんふん、穴に木を通したいべ？　貸してみ？」

女性は鍬になる予定の木片と木の棒を奪い取り、自分の持っていた小刀でミーアの開けていた穴を変形させ、柄を挿して固定した。

「これで、絵の通りになったべ。もっと安定させるにはセッチャクの木の樹液でも塗るとええ」

ミーアはハッとした。島民たちは字は読めなくても絵ならわかるのだ。

「助かりましたわ」

「こんなもので何すんだ？　おら都会人のすることさ興味あるべ。島以外の場所は知らねえからな」

「そうでしたわね。あなたはペッペル島で生まれ育ったから」

罪人ではなくても、一生外には出られない。

「おら、ラルゴ。島の道具職人の娘だ」

島の道具は木の実を落とす棒や簡易的な調理道具、釣り竿や桶《おけ》くらいだ。だが、あれば助かる。

「あなた、わたくしに話しかけて大丈夫ですの？」

「あんたは偉い人の娘だって聞いたべ。島のもんの中には嫌っとる奴《やつ》もおるよ。おらは気にならんし、あんたのすることに興味あるべ」

「あんたじゃなくて、ミーアですわ！」

「じゃあミーア、おらたちも遊びに交ぜてくれ。もちろん、作業は手伝う」

島での生活は平和だが暇で、若者たちは常に面白い遊びを探している。

「たち……ということは、あなた以外にもお仲間がいるのかしら？」

「んだ。建築職人の倅《せがれ》と機織り職人の倅と漁師の娘だべ。猟師と陶器職人も呼ぶか？」

いつも、ラルゴと共にミーアの周囲をうろついているメンバーだった。全員若く、好奇心に溢《あふ》れている。

（助かるには助かるけれど、なんだか変な感じですわ）

実のところ、城でのミーアは周囲から遠巻きにされていた。権力にすり寄ってくる輩《やから》は大勢いたが、ミーア自身に興味を持ち近づいてくる者はいなかったのだ。

「この本には何が書いてあるんだ？　昔から空き家に転がっているが、さっぱりわからねえべ」

「農機具の作り方、畑の作り方などですわ」

「ノーキグ？」

「……そこからなの⁉　まあ、島では農業がないですものね。説明するより実践して見せた方が早いですわ。お仲間も呼んでらっしゃい」

「いいのか？　嬉《うれ》しいべ！」

能天気で嫌みのないラルゴに毒気を抜かれる。しかし、悪い気分ではなかった。

なんだかんだで、自分も人並みに孤独を感じていたらしいとミーアは苦笑する。

その後、建築職人の倅やら機織り職人の倅やらの参加で作業効率は格段に上がり、無事に芋畑が完成するのだった。そうして新たな作物も増やし、同時に若者たちに文字を教え、ミーアは島内を改革していった。

後にミーアは島の偉人として名前を残すことになる。

あとがき

このたびは「芋くさ令嬢ですが悪役令息を助けたら気に入られました２」をお手にとっていただき誠にありがとうございます。

今回はいよいよ、諸々の元凶となったミーアやロビンと再会する巻です。お楽しみいただけますと幸いです。

俺ちゃんロビンのその後はご想像にお任せします。

ミーアはともかくロビンの性格は簡単には変わらないでしょう。

ナゼルバートは妻が可愛《かわい》すぎるあまり、両思いになってからはＳっ気が出始めました。マイルドＳです。トッレはたぶんＭです。

また、今回は隠れた人気キャラ、ポールがイラストで登場です。とっても美少年！

エバンテール式の衣装を着せるのが気の毒ですね。

トッレやリリアンヌも素敵にデザインしていただけて、今回も表紙や挿絵を拝見するのがとても楽しみでした。

今回も素晴らしいイラストを描いてくださったくろでこ先生に感謝いたします。

現在コミカライズ企画も進行中ですので、宜しくお願いいたします。
私自身も心待ちにしております。

2巻に携わってくださいました全ての方々に、そして本をご購入してくださった読者様に心より御礼申し上げます。
またお会いできますように！

桜あげは

作品のご感想、
ファンレターを
お待ちしています

あて先

〒141-0031　東京都品川区西五反田 8-1-5 五反田光和ビル4階
オーバーラップ編集部
「桜あげは」先生係／「くろでこ」先生係

スマホ、PCからWEBアンケートにご協力ください

アンケートにご協力いただいた方には、下記スペシャルコンテンツをプレゼントします。
★本書イラストの「無料壁紙」　★毎月10名様に抽選で「図書カード（1000円分）」

公式HPもしくは左記の二次元バーコードまたはURLよりアクセスしてください。
▶ **https://over-lap.co.jp/824000040**
※スマートフォンとPCからのアクセスにのみ対応しております。
※サイトへのアクセスや登録時に発生する通信費等はご負担ください。

オーバーラップノベルスf 公式HP ▶ **https://over-lap.co.jp/lnv/**

芋くさ令嬢ですが悪役令息を助けたら気に入られました 2

発行　2021年9月25日　初版第一刷発行
著者　桜あげは
イラスト　くろでこ
発行者　永田勝治
発行所　株式会社オーバーラップ
〒141-0031
東京都品川区西五反田8-1-5
校正・DTP　株式会社鷗来堂
印刷・製本　大日本印刷株式会社

©2021 Ageha Sakura
Printed in Japan
ISBN 978-4-8240-0004-0 C0093

※本書の内容を無断で複製・複写・放送・データ配信などをすることは、固くお断り致します。
※乱丁本・落丁本はお取り替え致します。左記カスタマーサポートセンターまでご連絡ください。
※定価はカバーに表示してあります。

【オーバーラップ　カスタマーサポート】
電　話　03-6219-0850
受付時間　10時～18時（土日祝日をのぞく）

聖女であるフィリアは「完璧すぎて可愛げがない」と
第二王子・ユリウスに婚約破棄されてしまう。
さらには、お金と資源を対価に隣国へ新しい聖女として差し出されることに。
悲惨な扱いも覚悟していたフィリアだったが、そこでは予想外に歓迎されて——!?

前世薬師の悪役令嬢は、周りから愛されるようです
The villainess who has been a pharmacist in previous life seems to be loved by everyone.
～万能調薬スキルとゲーム知識で領地を豊かにしようと思います～
桜井 悠
illust. 志田
万能調薬スキルとゲーム知識で、
……しかも周りからの好感度が爆上がり!?
領地を発展させます！
悪役令嬢・イリスは薬剤師の自分が病気で死に、好きな乙女ゲームの世界に転生したことを思い出す。しかし、このままいけば婚約破棄で命を落とし、疫病流行により公爵家ごと滅びる未来が待つのみ!? 薬剤師の知識もフル活用して次こそ生き残ってみせますっ！
OVERLAP NOVELS f

第9回 オーバーラップ文庫大賞
原稿募集中!
イラスト：KeG
紡げ、魔法のような物語!
【賞金】
大賞…300万円
(3巻刊行確約+コミカライズ確約)
金賞……100万円
(3巻刊行確約)
銀賞………30万円
(2巻刊行確約)
佳作………10万円
【締め切り】
第1ターン 2021年6月末日
第2ターン 2021年12月末日
各ターンの締め切り後4ヶ月以内に佳作を発表。通期で佳作に選出された作品の中から、「大賞」、「金賞」、「銀賞」を選出します。
投稿はオンラインで! 結果も評価シートもサイトをチェック!
https://over-lap.co.jp/bunko/award/
〈オーバーラップ文庫大賞オンライン〉
※最新情報および応募詳細については上記サイトをご覧ください。
※紙での応募受付は行っておりません。